CB074471

Ouça a canção do vento
Pinball, 1973

Haruki Murakami

Ouça a canção do vento
Pinball, 1973

TRADUÇÃO DO JAPONÊS
Rita Kohl

1ª reimpressão

ALFAGUARA

Copyright de *Kaze No Uta O Kike* © 1979 by Haruki Murakami
Copyright de *1973 Nen No Pinbōru* © 1980 by Haruki Murakami

Grafia atualizada segundo o Acordo Ortográfico da Língua Portuguesa de 1990, que entrou em vigor no Brasil em 2009.

Títulos originais
Kaze No Uta O Kike
1973 Nen No Pinbōru

Capa
Alceu Chiesorin Nunes

Ilustração da capa
McCarony/ Shutterstock

Preparação
André Marinho

Revisão
Márcia Moura
Renata Lopes Del Nero

Dados Internacionais de Catalogação na Publicação (CIP)
(Câmara Brasileira do Livro, SP, Brasil)

    Murakami, Haruki, 1949-
       Ouça a canção do vento ; Pinball, 1973 / Haruki Murakami ; tradução Rita Kohl. – 1ª ed. – Rio de Janeiro : Alfaguara, 2016.

       Títulos originais: Kaze No Uta O Kike ; 1973 Nen No Pinbōru
       ISBN 978-85-5652-029-6

       1. Romance japonês I. Título. II. Título: Pinball, 1973.

16-07780   CDD-895.63

Índice para catálogo sistemático:
1. Romances : Literatura japonesa   895.63

Todos os direitos desta edição reservados à
EDITORA SCHWARCZ S.A.
Praça Floriano, 19, sala 3001 — Cinelândia
20031-050 — Rio de Janeiro — RJ
Telefone: (21) 3993-7510
www.companhiadasletras.com.br
www.blogdacompanhia.com.br
facebook.com/editora.alfaguara
instagram.com/editora_alfaguara
twitter.com/alfaguara_br

Sumário

A origem dos romances na mesa da cozinha —
Um prefácio para duas pequenas novelas   7

OUÇA A CANÇÃO DO VENTO   19

PINBALL, 1973   131

A origem dos romances na mesa da cozinha
Um prefácio para duas pequenas novelas

A maioria das pessoas — ou pelo menos a maior parte das pessoas da sociedade japonesa — se forma na faculdade, em seguida arranja um emprego, e só então, depois de algum tempo, se casa. Eu também pretendia fazer isso. Quer dizer, tinha uma ideia vaga de que era assim que as coisas iam acontecer. Mas, na realidade, primeiro eu me casei, depois comecei a trabalhar e só então consegui dar um jeito de me formar, finalmente. Ou seja, acabei fazendo tudo ao contrário.

Eu me casei, mas não queria ir trabalhar em uma empresa qualquer, então resolvi abrir meu próprio negócio, um bar onde eu ia tocar discos de jazz e servir café, bebidas e comida. Resumindo, eu gostava de jazz e achei que seria legal ficar ouvindo meu estilo de música preferido o dia inteiro — um plano muito simples, talvez um pouco otimista demais. Só que, como um casal de estudantes, é claro que nós não tínhamos dinheiro. Então passamos três anos trabalhando muito, pegando vários trabalhos ao mesmo tempo para juntar o máximo de dinheiro possível. Também fizemos empréstimos em todo canto. Com o dinheiro que conseguimos, abrimos um bar na região oeste de Tóquio, em Kokubunji (um bairro cheio de estudantes). Isso foi em 1974.

Naquela época um jovem não precisava de tanto dinheiro assim para abrir uma pequena loja ou bar. Então várias pessoas que, como eu, não queriam ir trabalhar em empresas, abriam pequenos estabelecimentos. Cafés, restaurantes, lojas de variedades, livrarias. No nosso bairro havia várias lojas assim mantidas por pessoas da nossa idade. Em Kokubunji, os resquícios da contracultura ainda eram marcantes, e perambulava por ali muita gente que tinha abandonado o movimento estudantil. Naquele tempo ainda era possível encontrar, no mundo inteiro, esse tipo de "brecha" no sistema.

Levei para o bar o velho piano vertical que eu usava na casa dos meus pais, e fazíamos pequenos shows toda semana. Muitos músicos de jazz moravam ali perto de Kokubunji, então se apresentavam com prazer (eu acho), mesmo recebendo um cachê baixo. Hoje em dia, vários deles são músicos renomados, e volta e meia os reencontro nos clubes de jazz de Tóquio.

Apesar de gostarmos do nosso trabalho, sofríamos bastante para pagar nossa considerável dívida. Tínhamos feito empréstimos em bancos e também com vários amigos. Houve um mês em que não conseguimos, de jeito nenhum, juntar o dinheiro necessário para pagar a prestação do banco, e estávamos caminhando pela rua tarde da noite, cabisbaixos, quando encontramos um bolo de dinheiro caído no chão. Não sei se deveria chamar isso de sincronicidade, ou algum tipo de sinal, mas era precisamente o valor de que precisávamos naquele momento. O pagamento do banco vencia no dia seguinte, então aquilo realmente nos salvou (de tempos em tempos, coisas misteriosas como essa acontecem na minha vida). A princípio, deveríamos ter entregado o dinheiro à polícia, mas não tínhamos a menor condição, naquele momento, de pensar em boas ações.

Ainda assim, era divertido. Disso eu não tenho dúvida. Eu era jovem, cheio de saúde, podia passar o dia inteiro escutando minhas músicas preferidas e era o senhor do meu próprio reino, ainda que ele fosse pequeno. Não precisava me enfiar num trem lotado para ir e voltar do escritório todo dia, não tinha que participar de reuniões tediosas, nem abaixar a cabeça para um chefe chato. Além disso, conheci muitas pessoas interessantes.

E assim, os dias dos meus vinte anos foram gastos com trabalho físico (fazer sanduíches, preparar coquetéis, expulsar bêbados inconvenientes) e com o pagamento das dívidas. A certa altura, o prédio onde ficava o bar em Kokubunji seria reformado e precisamos sair dali, então nos mudamos para

Sendagaya, um bairro mais próximo ao centro da cidade. O bar ficou mais moderno e mais espaçoso — cabia até um piano de cauda — mas com isso nossas dívidas aumentaram novamente. A vida ainda não era fácil.

Quando penso naquele tempo, lembro apenas que nós trabalhamos muito. Imagino que, para a maioria das pessoas, os vinte anos sejam mais tranquilos, mas nós raramente tínhamos tempo ou dinheiro suficiente para "aproveitar os dias de nossa juventude". Ainda assim, mesmo nesse período, sempre que eu tinha algum momento livre, pegava um livro para ler. Por mais atarefado ou exausto que eu estivesse, por mais difícil que estivesse a vida, a leitura continuou sendo uma grande alegria para mim, assim como a música. Eram prazeres que ninguém poderia tirar de mim.

Quando meus vinte anos estavam chegando ao fim, o bar de Sendagaya começou finalmente a ter alguma estabilidade. Ainda não estávamos tranquilos, é claro, pois restavam várias dívidas e o lucro variava dependendo da época, mas finalmente começamos a sentir que, se continuássemos daquele jeito, as coisas iam dar certo.

Numa tarde ensolarada em abril de 1978, fui assistir a uma partida de beisebol no Estádio Jingu, que ficava perto da minha casa em Tóquio. O Yakult Swallows estava jogando contra o Hiroshima Carps, na partida inaugural da temporada da Central League. Era tipo uma matinê, o jogo começava à uma da tarde. Eu já era fã dos Swallows e com frequência ia passeando até o estádio.

Na época o Yakult Swallows era um time bem fraco (até o nome já soa fraco), eternamente na segunda categoria, sem dinheiro nem nenhum jogador conhecido que chamasse a atenção. Naturalmente, ele também não era muito popular. Apesar de ser a primeira partida da temporada, a arquibancada não estava cheia. Eu me estiquei sobre a grama sozinho, tomando uma cerveja e assistindo ao jogo. Naquele tempo, a parte da arquibancada que ficava mais distante do jogo não tinha assentos, era só uma encosta coberta por um gramado. O céu estava totalmente limpo, a cerveja, perfeitamente gelada, e o branco da bola brilhava contra o verde do gramado, que já fazia algum tempo que eu não via. O primeiro rebatedor do Swallows era Dave Hilton, um jogador esguio recém-chegado dos Estados Unidos, sem nenhuma fama. Ele era o rebatedor de largada. O quarto rebatedor, o chamado "rebatedor de limpeza", era Charlie Manuel. Mais tarde ele ficou famoso como treinador do Cleveland Indians e do Philadelphia Phillies, mas na época era um rebatedor forte e intrépido, apelidado por seus fãs japoneses de "Demônio Vermelho".

Acho que o primeiro arremessador do Hiroshima era Yoshiro Sotokoba. O primeiro do Yakult era Takeshi Yasuda. Quando Sotokoba arremessou no segundo turno da primeira entrada, Hilton fez uma bela rebatida para o campo esquerdo, que o levou à segunda base. O som agradável do taco contra a bola ecoou pelo estádio. Alguns aplausos esparsos soaram nas arquibancadas. E, naquele instante, sem nenhuma conexão ou fundamento, eu pensei subitamente: *É, acho que eu podia escrever um romance.*

Lembro-me exatamente da sensação que tive naquele momento. Foi como se alguma coisa viesse caindo do céu, esvoaçando, e eu conseguisse capturá-la perfeitamente, com as duas mãos. Não sei dizer por que isso veio cair, *por acaso*, justamente nas minhas mãos. Mas, seja lá qual for a razão, *aquilo* aconteceu. Como posso dizer... pareceu uma revelação divina. Ou talvez a palavra mais apropriada seja "epifania". E, a partir daquele instante, minha vida mudou completamente — quando Dave Hilton fez uma rebatida dupla com elegância e precisão.

Depois do fim do jogo (lembro que o Yakult Swallows ganhou), peguei um trem para Shinjuku e comprei um bloco de papel pautado e uma caneta-tinteiro. Naquela época, os *word processors** e os computadores não eram comuns, então

---

* Espécie de máquina de escrever eletrônica, com uma pequena tela, muito utilizada no Japão antes da popularização dos computadores. (N. T.)

o jeito era escrever tudo à mão, letra por letra. Mas era uma sensação nova, revigorante. Lembro que meu coração batia animado. Fazia muito tempo que eu não escrevia assim, com uma caneta-tinteiro.

Tarde da noite, depois de encerrar o trabalho no bar, eu me sentava à mesa da cozinha e escrevia. Essas poucas horas até o amanhecer eram o único momento que eu tinha livre para fazer o que quisesse. Foi assim que, durante cerca de seis meses, escrevi *Ouça a canção do vento*. Quando terminei a primeira versão, a temporada de beisebol estava chegando ao fim. Aliás, naquele ano o Yakult Swallows, contrariando quase todas as expectativas, foi o campeão da liga, e ainda derrotou o Hankyu Braves, que dominava o ranking nacional de lançadores. Foi uma temporada milagrosa e realmente emocionante.

Ouça a canção do vento é uma obra curta, mais próxima de uma novela do que de um romance. Mas penei muito para conseguir terminá-la. A falta de tempo livre não ajudava, claro, mas não era só isso. O problema é que eu não tinha a menor ideia de como, para começo de conversa, se escrevia um romance. Para falar a verdade, eu adorava romances russos do século XIX ou os romances policiais *hardboiled* dos Estados Unidos, e nunca tinha dado atenção à ficção contemporânea japonesa. Então não sabia direito que tipo de literatura as pessoas costumavam ler no Japão da época, nem como eu deveria escrever literatura em japonês.

Mas eu pensei, *bom, deve ser mais ou menos assim*, e tentei, durante alguns meses, escrever algo que se aproximasse dessa ideia. Só que, ao terminar e reler o manuscrito, nem eu mesmo achei interessante. Pelo formato, parecia um romance, mas não era divertido de ler nem deixava uma impressão marcante depois que você terminava. Se até eu, o autor, senti isso, certamente seria ainda pior para os leitores. Decepcionado, pensei que, no fim das contas, eu não tinha de fato nenhum talento como escritor. Normalmente, a essa altura eu teria desistido e me esquecido dessa ideia. No entanto, a sensação da epifania que eu tivera na arquibancada do Estádio Jingu continuava vívida em mim.

Pensando bem, na verdade era bastante óbvio que eu não ia conseguir escrever um bom romance. Eu nunca tinha escrito uma linha de ficção em toda a minha vida, e não era de se esperar que eu saísse escrevendo com a maior facilidade e produzisse, de primeira, uma obra excelente. Concluí que talvez o problema fosse esse, que eu estava tentando escrever um bom romance. *De qualquer jeito, não vou conseguir escrever bem*, disse a mim mesmo. *Então, é melhor abandonar as ideias preconcebidas sobre como deve ser um romance e sobre literatura, e tentar escrever qualquer coisa que eu sinta ou que me venha à cabeça, do jeito que eu achar melhor.*

Porém, "escrever qualquer coisa que eu sinta ou que me venha à cabeça, do jeito que eu achar melhor" é muito fácil de falar e nada fácil de fazer. Para alguém sem nenhuma experiência como escritor é dificílimo. Querendo mudar drasticamente minha perspectiva, a primeira coisa que fiz foi abandonar a caneta-tinteiro e o bloco pautado. Quando eu estava diante deles, não conseguia deixar de adotar uma postura "literária". Para ocupar o lugar deles, tirei do armário minha velha máquina de escrever Olivetti. E resolvi, como um teste, escrever o começo do romance em inglês. Queria tentar fazer alguma coisa diferente, o que quer que fosse.

Minhas habilidades de redação em inglês eram muito restritas, é claro. Isso me obrigava a escrever usando um número limitado de palavras e um número limitado de estruturas sintáticas. Naturalmente, todas as minhas frases ficavam curtas. Não importava quantas ideias complexas e elaboradas eu tinha dentro da cabeça, pois não tinha a menor condição de expressá-las na sua forma original. Era preciso adaptar o texto para que ele coubesse dentro daquele recipiente limitado: substituir todo o conteúdo pelas palavras mais simples que encontrasse, expor as intenções em paráfrases fáceis de entender, desbastar as descrições tirando tudo o que fosse supérfluo, deixar tudo o mais compacto possível. O resultado era um texto bastante rústico. Entretanto, conforme eu penava para seguir escrevendo dessa forma, foi brotando ali, pouco a pouco, um ritmo característico da minha própria escrita.

Como um sujeito nascido e criado no Japão, uso a língua japonesa todos os dias desde criança, e assim inúmeros vocábulos e expressões foram se acumulando dentro do meu sistema, como um galpão abarrotado de coisas. Quando tento transformar em texto sentimentos e imagens que tenho na minha mente, todas essas coisas se agitam e se chocam, até que o sistema dá pane e trava. No entanto, quando escrevo em outra língua isso não acontece, pois as opções são limitadas. O que eu descobri naquele momento foi que, mesmo com uma quantidade reduzida de palavras e expressões, se você conseguir combiná-las de forma efetiva, é capaz de expressar bastante bem sentimentos e reflexões. Ou seja, percebi que não é preciso usar um monte de palavras difíceis nem tentar impressionar o leitor com frases rebuscadas.

Muito mais tarde, descobri que a escritora Ágota Kristóf havia escrito vários romances excelentes com um estilo de escrita que tinha um efeito semelhante. Ela era húngara, e durante a revolta na Hungria em 1956 se exilou na Suíça, onde começou, relutantemente, a escrever literatura em francês. Ela tinha aprendido (ou, melhor dizendo, tinha sido forçada a aprender) o francês como segunda língua. Foi escrevendo nessa língua estrangeira, porém, que ela conseguiu criar um estilo original e peculiar. Sua escrita tem um ritmo agradável, produzido com a combinação de frases curtas, uma linguagem direta sem grandes rodeios, e descrições precisas e sem afetação. Ao mesmo tempo, tem uma atmosfera misteriosa, como se ela fizesse questão de não escrever as coisas mais importantes, mas apenas escondê-las nas entrelinhas. Lembro muito bem que, ao ler pela primeira vez um de seus romances, senti como se reencontrasse algo familiar. A propósito, a sua primeira obra em francês, *Um caderno e tanto*, foi publicada em 1986, e eu escrevi *Ouça a canção do vento* em 1979, sete anos antes.

Depois de "descobrir" que eu podia obter um efeito interessante escrevendo em uma língua estrangeira, e de conseguir um ritmo próprio para a minha escrita, guardei a máquina de escrever de volta no armário e peguei novamente o bloco de papel e a caneta-tinteiro. Então me sentei diante da escrivaninha e fui "traduzindo" para o japonês o trecho, cerca de um capítulo, que eu havia escrito em inglês. Digo que traduzi, mas não foi uma tradução literal, rígida. Foi algo mais próximo de um "transplante". E assim, inevitavelmente, foi surgindo ali um estilo novo da língua japonesa. Este era um estilo meu, particular. Um estilo que eu havia **encontrado** com minhas próprias mãos. *Entendi*, pensei, *era assim que eu devia usar o japonês...* Foi como se um véu tivesse sido tirado dos meus olhos.

Volta e meia me dizem que meus textos têm cara de tradução. Apesar de não saber exatamente o que é um texto com cara de tradução, acho que, em certo sentido, esse comentário está correto, e em certo sentido é um engano. Considerando que eu efetivamente "traduzi" o primeiro capítulo para o japonês, suponho que, num sentido literal, essa afirmação esteja correta. Entretanto, isso diz respeito apenas ao aspecto prático do processo. A minha intenção era simplesmente encontrar um estilo ágil, "neutro", sem nenhum adorno desnecessário. O que eu buscava não era escrever com uma língua japonesa "diluída", ou "menos japonesa". Eu queria, simplesmente, usar um japonês o mais distante possível da "linguagem literária" para, assim, escrever literatura com a minha própria voz. E, para isso, eu tinha que me arriscar. Diria até mesmo que, naquela época, a língua japonesa não passava de uma ferramenta para mim.

Creio que algumas pessoas tomaram isso como uma mostra de desprezo pelo japonês. A língua, entretanto, é um negócio resistente. Tem uma força tenaz que é comprovada por sua longa história. Não importa como as pessoas a tratem, nunca chegarão a prejudicar sua autonomia, mesmo que a manipulem de forma um pouco bruta. Experimentar as possibilidades da linguagem de todas as maneiras que sua imaginação alcançar é um direito inalienável de todos os escritores e, sem esse espírito aventureiro, nada de novo poderia surgir. O estilo da minha escrita em japonês é diferente do estilo do Tanizaki e também do estilo do Kawabata. Mas isso é natural. Afinal, eu sou outra pessoa, um escritor independente chamado Haruki Murakami.

Numa manhã de domingo, na primavera, recebi um telefonema de um editor da revista literária *Gunzo*, dizendo que minha obra *Ouça a canção do vento* tinha sido selecionada como finalista do prêmio para novos escritores. Havia se passado cerca de um ano desde aquela partida inaugural no Estádio Jingu, e eu já fizera trinta anos. Acho que devia ser umas onze horas da manhã, mas no dia anterior o trabalho tinha ido até tarde, então eu ainda estava dormindo profundamente. Tirei o telefone do gancho meio adormecido e não consegui entender direito o que ele estava tentando me dizer. Para falar a verdade, a essa altura eu nem lembrava que tinha enviado o manuscrito para os editores da revista *Gunzo*. Quando terminei de escrever e entreguei o texto aos cuidados de alguém, aquele meu entusiasmo de escrever alguma coisa se acalmou. Eu tinha escrito depressa, como bem entendia, e com certa postura de provocação, então nunca cheguei a imaginar que essa obra pudesse ser escolhida como finalista. Eu nem sequer havia feito uma cópia do manuscrito. Portanto, se não tivesse sido um dos finalistas, ele teria desaparecido para sempre (a *Gunzo* não devolvia os manuscritos). E talvez eu nunca mais tivesse escrito nenhum romance. A vida é realmente curiosa.

    Segundo o editor, cinco obras tinham sido selecionadas como finalistas, contando com a minha. Fiquei surpreso, mas estava morto de sono, e aquilo não parecia real. Levantei da cama, lavei o rosto, me troquei e saí para caminhar com minha mulher. Quando passamos ao lado de uma escola primária perto de casa, encontrei um pombo-correio encolhido embaixo de um arbusto. Apanhei-o do chão e vi que sua asa parecia machucada. Tinha uma plaquinha de identificação de metal presa na pata. Carreguei-o com cuidado até o posto policial de Aoyama-Omotesando, pois era o mais próximo de nós. Caminhando pelas ruelas de Harajuku, sentia entre minhas mãos o calor do animal ferido, que tremia de leve. Era um domingo agradável e ensolarado. Ao nosso redor, árvores, prédios e vitrines resplandeciam sob o sol de primavera.

Naquele momento eu pensei, de repente: *tenho certeza que vou ganhar o prêmio da revista* Gunzo. *E então vou continuar escrevendo, e conseguir certo sucesso como escritor.* Sei que soa muito arrogante, mas naquele momento eu tive certeza. Vi muito claramente. Não foi um pensamento lógico, mas algo como uma intuição.

Escrevi *Pinball, 1973* no ano seguinte, como continuação de *Ouça a canção do vento*. Eu ainda trabalhava no bar, e esta segunda novela também foi escrita sobre a mesa da cozinha, durante a madrugada. Chamo essas duas obras, com afeto e também com algum constrangimento, de "romances de mesa de cozinha". Um pouco depois de terminar *Pinball, 1973*, eu tomei uma decisão. Vendi o bar, fiz da escrita minha ocupação exclusiva e comecei a escrever *Caçando carneiros*, um romance propriamente dito, mais longo. Para mim, é essa obra que marca o verdadeiro começo da minha carreira de escritor.

Porém, ao mesmo tempo, meus dois livros escritos na mesa da cozinha não deixam de ser obras importantes, indispensáveis na minha carreira. São como amigos de muito tempo atrás — provavelmente não vamos mais nos encontrar ou conversar, mas jamais me esquecerei da sua existência. Durante aquele período, eles foram uma presença preciosa e insubstituível para mim. Eles me aqueceram o coração e me deram forças.

Eu ainda me lembro claramente daquela sensação de quando algo caiu suavemente nas minhas mãos no Estádio Jingu, numa tarde de primavera há trinta e tantos anos. Guardo também, nas palmas das mesmas mãos, o calor do pássaro que recolhi ao lado da escola primária em Sendagaya, um ano mais tarde, novamente em uma tarde de primavera. Quando penso sobre o significado de escrever literatura, sempre acabo me lembrando dessas sensações. O significado dessas memórias, para mim, é acreditar em *algo* que existe dentro de mim, e sonhar com as possibilidades que podem brotar disso. É realmente maravilhoso que, até hoje, essa sensação continue viva em mim.

JUNHO DE 2014

OUÇA A CANÇÃO DO VENTO

1

— Não existe nenhum texto perfeito. Assim como não existe desespero perfeito.

Um escritor, que conheci por acaso quando estava na faculdade, me falou isso. Foi só muito mais tarde que eu compreendi o verdadeiro sentido dessa frase, mas pelo menos ela serviu como consolo — não existe texto perfeito.

Ainda assim, quando ia escrever alguma coisa, eu sempre sentia certo desespero. É que a gama de coisas sobre as quais eu consigo escrever é muito limitada. Por exemplo, mesmo que eu consiga escrever sobre um elefante, talvez não consiga escrever nada sobre o cuidador do elefante.

Durante oito anos eu vivi com este dilema. Oito anos. É muito tempo.

É claro que, se você partir do princípio de que em qualquer coisa há sempre algo novo para aprender, envelhecer não é tão ruim assim. Ou pelo menos é o que dizem.

Desde os meus vinte anos venho me esforçando para viver assim. Por conta disso, levei muitos golpes dolorosos, fui enganado e malcompreendido incontáveis vezes, mas, ao mesmo tempo, passei por várias experiências estranhas. Todo tipo de gente apareceu na minha frente, me contou histórias e depois passou por cima de mim como quem atravessa uma ponte com passos firmes, sem nunca mais voltar. Durante todo esse tempo eu continuei calado, nunca contei história nenhuma. E, assim, cheguei ao último dos meus vinte anos.

Agora, acho que é a hora de eu contar a minha história. Nenhuma questão está resolvida, é claro, e talvez quando eu terminar de contar tudo ainda continue exatamente igual ao que era. Porque, no fim das contas, escrever não é uma forma de curar a si mesmo, é apenas um pequeno esforço em direção a essa cura.

Mas é dificílimo escrever com sinceridade. Quanto mais eu me esforço para ser sincero, mais rápido as palavras certas desaparecem, mergulhando na escuridão.

Não digo isso para me justificar. Pelo menos, o que escrevo aqui é o melhor que posso fazer no momento. Não há mais nada a acrescentar. Mesmo assim, não posso deixar de pensar que, se tudo der certo, talvez um dia daqui a muito tempo, daqui a anos ou décadas, eu perceba que fui salvo. E então o elefante voltará para a savana, e eu começarei a narrar o mundo com palavras mais belas.

*

Boa parte do que sei sobre escrita aprendi com Derek Hartfield. Talvez eu devesse dizer que foi quase tudo. Infelizmente, o próprio Hartfield foi um escritor estéril, em todos os sentidos. Basta ler sua obra para entender o que quero dizer. Os textos são difíceis, os enredos não têm pé nem cabeça, a temática é infantil. Apesar disso, ele foi um dos raros escritores que conseguiu lutar usando seu texto como arma. Para mim, sua postura combativa não deixa nada a desejar, mesmo quando o comparamos com outros escritores de sua geração, como Hemingway e Fitzgerald. Só é uma pena que, durante toda a sua vida, ele nunca tenha conseguido enxergar claramente contra quem, afinal, ele estava lutando. No fim das contas, acho que é isso que significa ser estéril.

Ele persistiu nessa batalha inútil por oito anos e dois meses, depois morreu. Em junho de 1938, numa manhã ensolarada de domingo, pulou do terraço do Empire State, a mão direita agarrada a um retrato de Hitler e a esquerda a um guarda-chuva aberto. Assim como sua vida, sua morte não teve grande repercussão.

Foi no verão do meu terceiro ano de ginásio, quando peguei uma micose terrível na virilha, que a última obra de Hartfield, já esgotada, veio por acaso parar em minhas mãos. O tio que me deu esse livro teve câncer de intestino três anos mais tarde e, depois de muito sofrimento, morreu com o corpo cheio de cortes e tubos plásticos enfiados em todos os orifícios. Quando o vi pela última vez, estava encolhido e vermelho como um macaco velho.

*

Eu tinha três tios no total. Outro deles morreu nos subúrbios de Shanghai, dois dias depois do fim da guerra, ao pisar em uma mina terrestre que ele mesmo havia armado. O único tio que sobrou virou mágico e hoje vive viajando pelas estâncias de águas termais de todo o país.

*

Hartfield diz o seguinte sobre um bom texto: "Escrever não é nada mais, nada menos do que conferir a distância entre nós mesmos e aquilo que nos cerca. O necessário aqui não é sensibilidade, mas uma *régua*" (*O que há de mal em sentir-se bem,* 1936).

No ano em que o presidente Kennedy morreu, comecei a olhar ao redor temeroso, com uma régua na mão. Já se passaram quinze anos desde então. Durante esses quinze anos, joguei fora uma quantidade extraordinária de coisas. Como se estivesse em um avião com o motor falhando, de onde se arremessa primeiro as bagagens, depois os assentos e, por fim, um pobre comissário de bordo, eu me desfiz de todo tipo de coisa ao longo desses quinze anos, e não ganhei quase nada em troca.

Não tenho certeza, no fim das contas, se isso foi certo ou errado. Sem dúvida, tudo ficou mais fácil assim. Mas quando me pergunto o que terá restado quando eu for velho, frente a frente com a morte, sinto muito medo. Quando me cremarem, não vai sobrar um único osso.

Minha finada avó costumava dizer que pessoas de alma sombria só têm sonhos sombrios. E que almas mais sombrias ainda nem sequer sonham. A primeira coisa que fiz na noite em que ela morreu foi fechar delicadamente suas pálpebras. No instante em que as cerrei, os sonhos que ela teve por setenta e nove anos desapareceram sem alarde, como uma chuva de verão sobre o asfalto. E não sobrou mais nada.

*

Mais uma coisa sobre escrita. É a última.

Para mim, escrever é muito penoso. Às vezes, passo um mês inteiro sem conseguir escrever uma linha sequer. Ou, então, escrevo por três dias e três noites sem parar só para me dar conta, no fim, de que está tudo errado.

Ainda assim, escrever também pode ser divertido. Atribuir sentido à vida é muito fácil se compararmos ao quanto é difícil vivê-la de fato.

Acho que eu era adolescente quando percebi isso, e fiquei tão surpreso que passei uma semana sem abrir a boca. Senti que, se eu agisse certo, o mundo inteiro obedeceria às minhas vontades, e que eu poderia inverter todos os valores, mudar a direção do tempo...

Infelizmente, só descobri muito depois que isso era uma armadilha. Tracei uma linha no centro de uma folha de caderno e escrevi no lado esquerdo tudo o que havia ganhado e, no direito, o que havia perdido. No fim das contas, eu havia perdido tanto — coisas que eu havia abandonado, sacrificado, traído — que não tive espaço suficiente para terminar a lista.

Há um fosso profundo entre as coisas das quais gostaríamos de ter consciência e aquilo de que realmente temos. Nem a régua mais comprida conseguiria medir a profundidade desse fosso. O que eu posso registrar aqui é apenas uma lista. Não é um romance, nem literatura, muito menos arte. É apenas um caderno, com uma única linha traçada no centro. Até pode ser que ele tenha algum tipo de moral.

Se você estiver procurando arte e literatura, o melhor é ler os gregos. Porque, para criar arte de verdade, é indispensável um regime escravocrata. Como na Grécia antiga: os escravos arando os campos, preparando a comida, remando os barcos e, em meio a eles, os cidadãos absortos na poesia, dedicados à matemática. A arte é isso.

Há um limite para o que pode ser escrito por um sujeito que vasculha a geladeira na cozinha às três horas da manhã enquanto o mundo dorme.

E é esse o meu caso.

2

Esta história começa no dia 8 de agosto de 1970 e termina dezoito dias depois, ou seja, em 26 de agosto do mesmo ano.

3

— Os ricos são todos uns merdas! — vociferou o Rato, me encarando com as mãos apoiadas no balcão do bar.

Ou talvez ele não estivesse gritando comigo, mas com o moedor de café atrás de mim. Estávamos sentados um do lado do outro, e para gritar comigo ele não precisava se dar ao trabalho de virar desse jeito. Seja como for, depois de gritar aquilo ele recuperou o ar satisfeito de sempre e bebeu sua cerveja com gosto.

Ninguém deu a mínima para o seu grito. O bar apertado transbordava de gente, e todos conversavam aos berros. A cena lembrava um navio prestes a naufragar.

— São uns vermes. — O Rato sacudiu a cabeça com nojo. — Não sabem fazer porra nenhuma. Me dá ânsia só de olhar pra cara de riquinho deles.

Concordei em silêncio, o copo de cerveja encostado nos lábios. Então Rato ficou quieto e se pôs a examinar minuciosamente as mãos magras sobre o balcão, revirando-as como se as aquecesse numa fogueira. Eu desisti e levantei os olhos para o teto. Sabia que a conversa não ia recomeçar enquanto ele não terminasse de checar, na ordem, cada um dos dez dedos. Era sempre assim.

Durante um verão inteiro, o Rato e eu, como se estivéssemos enfeitiçados, bebemos uma piscina semiolímpica de cerveja e comemos amendoins suficientes para cobrir o chão do J's Bar com cinco centímetros de cascas. Foi um verão tão tedioso que, sem isso, não teríamos sobrevivido.

Atrás do balcão do J's Bar havia uma gravura, manchada pela fumaça de cigarro, que eu encarava por horas a fio quando estava entediado demais. Era o tipo de desenho que poderia ser usado em um teste de Rorschach. Para mim, pareciam dois macacos-verdes arremessando bolas murchas de tênis um para o outro.

Quando falei isso para J, o barman, ele encarou a gravura por algum tempo e disse, sem grande entusiasmo:

— É, até que parece.

— Será que é algum tipo de símbolo? — perguntei.

— O macaco da esquerda é você, o da direita sou eu. Eu jogo a cerveja pra você, você me joga o dinheiro.

Admirado, tomei mais um gole.

— Me dá ânsia — repetiu o Rato, que tinha terminado de examinar todos os dedos.

Não era nenhuma novidade ele falar mal dos ricos; ele realmente os odiava. A família do próprio Rato era consideravelmente rica, mas quando eu mencionava isso ele sempre dizia o mesmo:

— Não é culpa minha.

Às vezes (geralmente quando tinha bebido demais) eu respondia:

— É culpa sua, sim.

E depois sempre me sentia mal por ter dito isso. Afinal, até que ele tinha razão.

— Sabe por que é que eu não gosto de gente rica?

Naquela noite, o Rato continuou com o assunto. Era a primeira vez que a conversa chegava até aí. Eu fiz que não com a cabeça.

— Porque, pra falar a verdade, os ricos não pensam em nada. Não conseguem nem coçar a própria bunda se não tiverem uma lanterna e uma régua.

O Rato tinha mania de dizer "pra falar a verdade".

— Ah, é?

— É. Eles não pensam em nada que importe. Só fingem que estão pensando. Sabe por quê?

— Hum...

— Porque eles não precisam. Tá, pra ficar rico o cara tem que usar um pouco a cabeça, mas pra continuar sendo rico, não precisa de nada. É que nem um satélite: não precisa de gasolina, só fica rodando no mesmo lugar e pronto. Mas pra mim não funciona assim, nem pra você. A gente tem que pensar pra viver. Tem que pensar sobre como vai estar o tempo amanhã, sobre o tamanho do ralo da banheira. Não é?

— Ahã — respondi.

— É isso.

Tendo dito tudo o que queria, o Rato tirou um lenço de papel do bolso e assoou o nariz ruidosamente, mal-humorado. Eu não sabia dizer se ele estava falando sério ou não.

— Mas, no fim das contas, todo mundo morre — experimentei dizer.

— É verdade. Cedo ou tarde todo mundo morre. Mas, sabe, até lá a gente ainda tem que viver mais uns cinquenta anos e, pra falar a verdade, viver cinquenta anos pensando sobre um monte de coisa cansa mais do que viver cinco mil anos sem pensar em nada. Não é?

Ele tinha razão.

4

Conheci o Rato três anos antes disso, na primavera. Era nosso primeiro ano de faculdade e estávamos muito bêbados, então eu não faço a menor ideia de como fomos parar, os dois juntos, dentro do Fiat 600 preto dele, às quatro horas da manhã. Talvez a gente tivesse algum amigo em comum.

De qualquer forma, estávamos os dois podres de bêbados e, para completar, o velocímetro marcava oitenta quilômetros por hora. Assim, só pode ter sido por milagre que escapamos sem um único arranhão depois de arrebentar a cerca do parque, destruir os arbustos de azaleia e acertar com toda a força uma coluna de pedra.

Quando me recuperei do choque, abri a porta amassada com um chute e saí do carro. O capô tinha voado longe e acertado uma jaula de macacos a dez metros de distância, e o para-choque do carro tinha o formato preciso da coluna de pedra. Os macacos estavam furiosos por terem sido acordados com tamanha violência. O Rato continuava agarrado ao volante com o corpo encurvado, mas não porque estivesse ferido — ele só estava vomitando sobre o painel toda a pizza que tinha comido uma hora antes.

Subi no teto do carro e espiei o assento do motorista logo abaixo:

— Tudo bem?

— Ahã. Mas acho que bebi demais. Onde já se viu, vomitar desse jeito...

— Consegue sair?

— Me dá uma mão.

O Rato desligou o motor e, sem pressa, enfiou no bolso o

maço de cigarros que estava apoiado no painel, pegou minha mão e alçou o corpo para o teto do carro. Sentados lado a lado sobre o Fiat, fumamos alguns cigarros em silêncio, assistindo ao céu que clareava. Por algum motivo, me lembrei de um filme de guerra com Richard Burton. Não sei no que o Rato pensava.

— A gente tá com sorte, hein — disse ele, depois de uns cinco minutos. — Olha só pra isso! Nenhum arranhão. Dá pra acreditar?

Eu concordei.

— Mas o carro já era — falei.

— Relaxa. Eu posso comprar outro carro, mas a sorte o dinheiro não paga.

Olhei para a cara dele, meio chocado:

— Você é rico?

— Parece que sim...

— Que bom.

O Rato não respondeu, mas sacudiu a cabeça algumas vezes, contrariado.

— Bom, enfim, a gente tá com sorte.

— Pois é.

Ele apagou o cigarro na sola do tênis e arremessou a guimba com um peteleco em direção à jaula dos macacos.

— E aí, o que acha de sermos parceiros? Tenho certeza de que qualquer coisa que a gente fizer vai dar certo.

— Como você quer começar?

— Vamos tomar uma cerveja.

Compramos meia dúzia de latas de cerveja em uma máquina ali perto, caminhamos até a praia e, depois de tomar todas as latas deitados na areia, ficamos olhando o mar. O dia estava maravilhoso.

— Pode me chamar de Rato — disse ele.

— De onde veio esse nome?

— Não lembro mais... Já faz muito tempo. No começo eu não gostava quando me chamavam assim, sabe. Mas agora não ligo mais. A gente é capaz de se acostumar com qualquer coisa.

Depois de arremessar as latas vazias ao mar, deitamos sobre o dique, cobrimos a cabeça com os casacos e dormimos por quase uma hora. Quando acordei, sentia em todo o corpo uma energia extraordinária. Era uma sensação estranha.

— Eu podia correr uns cem quilômetros! — falei para o Rato.

— Eu também — respondeu ele.

Em vez disso, o que fizemos foi pagar para a prefeitura os custos de reparo do parque, parcelados em três anos com juros.

5

O Rato não lia absolutamente nenhum livro. Eu nunca tinha visto ele ler nada além de notícias de esporte ou propaganda. Ele espiava desconfiado os livros que eu lia para matar o tempo, como um inseto encarando um mata-moscas.

— Por que você fica aí lendo esse negócio?

— Por que você fica aí tomando cerveja? — retruquei sem olhar para ele, enquanto comia salada e arenque em conserva.

O Rato refletiu bastante sobre isso, e depois de uns cinco minutos retomou a conversa.

— O bom da cerveja é que depois você mija tudo. É que nem um *doubleplay* no beisebol quando já tem um eliminado e um jogador na primeira: não sobra mais nada — disse ele.

E ficou me olhando enquanto eu comia.

— Por que você lê tanto?

Engoli a última garfada do peixe junto com um gole de cerveja, empilhei os pratos e folheei *A educação sentimental*, que estava apoiado ao meu lado.

— Por que o Flaubert já morreu.

— Você não lê escritores vivos?

— Escritores vivos não valem nada.

— Por quê?

— É que, quando a pessoa já está morta, dá pra gente perdoar quase qualquer coisa que ela tenha feito — respondi, olhando a televisão portátil sobre o balcão que passava uma reprise de *Rota 66*. O Rato pensou por mais algum tempo.

— E as pessoas vivas? No caso delas não dá pra perdoar qualquer coisa?

— Hum... Não sei. Nunca pensei muito sobre isso. Mas,

se eu tivesse que responder, diria que não, acho que não dá pra perdoar.

O J se aproximou, nos serviu duas cervejas e foi embora.

— E se você não conseguir perdoar? Faz o quê?

— Durmo abraçado com o travesseiro.

O Rato sacudiu a cabeça, confuso.

— Que esquisito. Pra mim não faz muito sentido — disse.

Servi mais cerveja no copo do Rato, mas ele continuou pensativo por algum tempo, todo encolhido.

— O último livro que li foi no verão do ano passado — disse ele. — Não lembro o título, nem quem escreveu. Era um romance, escrito por uma mulher. A personagem principal era uma estilista famosa de uns trinta anos que, sei lá por quê, enfiou na cabeça que tinha uma doença incurável.

— Que tipo de doença?

— Não lembro… Tipo um câncer. Tem alguma outra doença sem cura, fora câncer? Enfim, aí ela vai pra um retiro perto do mar e passa o tempo todinho se masturbando. No banho, no meio do mato, na cama, no mar… Em todo canto, mesmo.

— No mar?

— É. Dá pra acreditar? Pra que escrever um romance sobre um negócio desses? Não tem muito mais coisa do que isso pra escrever?

— É…

— Pra mim não tem condições um livro desses. Me dá ânsia!

Eu concordei com a cabeça.

— Se fosse eu, escrevia um livro totalmente diferente — continuou ele.

— Tipo o quê?

O Rato pensou por um tempo, correndo o dedo pela borda do copo.

— Que tal assim: eu estou num navio, e ele afunda no meio do Pacífico. Aí eu agarro uma boia e fico lá sozinho, boiando no mar, à noite. É uma noite calma, bonita. Então, lá do outro lado, vem vindo uma mulher, também agarrada numa boia.

— Gata?

— Claro.

Tomei um gole de cerveja e sacudi a cabeça.

— Estou achando meio idiota.

— Espera, ouve o resto. Aí a gente fica boiando os dois juntos, jogando conversa fora. Falando sobre programas de TV, sobre o que a gente sonhou noite passada, essas coisas. E tomando cerveja.

— Não, espera. De onde vocês tiraram a cerveja?

Ele pensou um instante.

— Ela tava boiando. Caiu um monte de cerveja do restaurante do navio, junto com umas latas de sardinha. Assim tudo bem?

— Tudo.

— Aí começa a amanhecer. "O que você vai fazer?", pergunta a mulher. "Eu vou nadar para lá, porque acho que pode ter alguma ilha", continua ela. Mas talvez não tenha nenhuma ilha... Falo pra ela que, se em vez de nadar a gente continuar ali tomando cerveja, com certeza vai aparecer algum avião de resgate. Mas ela sai nadando sozinha.

O Rato pausou para tomar um gole de cerveja.

— A mulher passa dois dias e duas noites nadando e chega a uma ilha. Enquanto isso eu sou resgatado, de ressaca. Aí, vários anos depois, a gente se reencontra por acaso num boteco de esquina.

— E bebem juntos de novo?

— Não é triste?

— É.

6

O romance do Rato tem dois pontos excelentes. Primeiro, não tem nenhuma cena de sexo, e, segundo, nem uma única pessoa morre. Qualquer criatura, se você deixar por conta própria, acaba morrendo ou dormindo com alguma mulher. É assim que as coisas são.

*

— Você acha que eu estava errada? — perguntou a mulher.
O Rato toma um gole de cerveja e sacode a cabeça, devagar.
— Sabe, pra falar a verdade, todo mundo está errado.
— Por que você diz isso?
— Hum... — O Rato resmunga e lambe os lábios. Não tem como responder isso.
— Eu me esforcei tanto pra chegar na ilha que achei que meus braços iam cair! Pensei que fosse morrer, foi horrível. E fiquei pensando, várias vezes... Que talvez eu estivesse errada e você estivesse certo. Me perguntei pra que eu estava sofrendo desse jeito, enquanto você devia estar lá, só boiando.
A mulher sorri de leve e pressiona desanimada os cantos dos olhos. O Rato revira os bolsos. Depois de três anos sem fumar, de repente ele está desesperado por um cigarro.
— Você ficou torcendo pra que eu morresse?
— Um pouco.
— Só um pouco, mesmo?
— ... Não lembro.
Os dois ficam em silêncio. O Rato sente que precisa dizer alguma coisa.

— Olha, os seres humanos são criaturas desiguais, de nascença.
— Quem disse isso?
— John F. Kennedy.

7

Quando eu era pequeno, era uma criança extremamente calada. Meus pais, preocupados, me levaram para ver um psiquiatra amigo deles.

A casa do médico ficava em uma colina com vista para o mar. Sentei no sofá da ensolarada sala de visitas, e uma senhora elegante nos serviu suco de laranja e dois donuts. Comi meio donut, tomando cuidado para não derrubar açúcar no colo, e bebi todo o suco.

— Quer mais? — perguntou o doutor, e eu fiz que não com a cabeça.

Estávamos sozinhos, frente a frente. Da parede oposta, um retrato de Mozart me encarava com ar de reprovação, como um gato arisco.

— Era uma vez um bode muito simpático — falou o doutor.

Era um ótimo começo. Fechei os olhos e imaginei o bode simpático.

— O bode andava por aí ofegante, carregando no pescoço um enorme relógio de ouro. Esse relógio, além de ser extraordinariamente pesado, estava quebrado. Um dia apareceu o coelho, seu amigo, e perguntou: "Ei, bode, por que você sempre carrega esse relógio, que nem funciona? Ele pesa muito e não presta pra nada!". "É, ele pesa mesmo", respondeu o bode. "Mas é que eu já me acostumei. Já me acostumei com o peso, e também com o fato de ele não funcionar."

O doutor tomou seu suco e me olhou sorridente. Eu continuei calado, esperando o resto da história.

— Certo dia, no aniversário do bode, ele ganhou de presente do coelho uma pequena caixa com um laço de fita. Era um relógio novinho em folha, reluzente, muito leve, e que funcionava com precisão. O bode ficou muito feliz, pendurou o relógio no pescoço e saiu mostrando ele pra todo mundo.

A história terminou aí, de repente.

— Você é o bode, eu sou o coelho, e o relógio é seu coração.

Me senti ludibriado, mas, sem saber o que fazer, assenti com a cabeça.

Uma vez por semana, nas tardes de domingo, eu pegava um trem e um ônibus para chegar na casa do médico, onde prosseguia com a terapia enquanto comia pães doces, tortas de maçã, panquecas, croissants com mel.

Foi apenas um ano, mas o resultado foi que acabei tendo que frequentar também um dentista.

— Civilização é comunicação — disse ele. — Se você não puder expressar uma coisa, é como se ela não existisse. Entendeu? É o mesmo que zero. Vamos dizer que você esteja com fome. É só você falar: "Estou com fome" e pronto. Eu te dou uma bolacha. Pode comer! — Eu peguei uma bolacha. — Mas se você não disser nada, não tem bolacha. — O médico escondeu o prato de bolachas embaixo da mesa com um ar malvado. — Zero. Deu pra entender, né? Você não quer falar. Mas está com fome. Então você quer expressar isso sem usar palavras, como num jogo de mímica. Vamos, tenta.

Eu apertei a barriga e fiz cara de sofrimento. O médico deu risada.

— Isso aí é uma indigestão.

Indigestão...

A próxima coisa que fizemos foram conversas de livre associação.

— Fala alguma coisa sobre gatos, qualquer coisa.

Inclinei a cabeça, fingindo que pensava.

— Pode ser qualquer coisa que te venha na cabeça.

— É um animal de quatro patas.
— O elefante também.
— É bem menor.
— E?
— Eles são criados em casa e, quando têm vontade, matam ratos.
— O que eles comem?
— Peixe.
— E linguiça?
— Linguiça também.
E assim por diante.
O médico tinha razão. Civilização é comunicação. Quando não houver mais nada para expressar, para comunicar, será o fim da civilização. Clique!... OFF.

É difícil de acreditar, mas, de repente, na primavera em que fiz catorze anos, comecei a falar como se tivessem aberto as comportas de uma represa. Não me lembro de mais nada do que eu disse, mas sei que falei por três meses sem parar, como se precisasse preencher o vazio de catorze anos. Quando terminei de falar, lá pelo meio de julho, tive uma febre de quarenta graus e faltei à escola por três dias. Quando a febre passou, eu era um menino comum, nem calado, nem tagarela.

8

Acho que foi a sede que me acordou, antes das seis da manhã. Sempre que acordo na casa de outra pessoa me sinto como uma alma enfiada à força em outro corpo. Levantei da cama estreita com muito esforço, fui até a pia ao lado da porta, bebi vários copos d'água um depois do outro, como um cavalo, e deitei novamente.

Pela janela aberta dava para ver um pequeno pedaço do mar, as ondas pequenas refletindo o sol que acabara de se levantar. Apertando os olhos, enxerguei alguns velhos navios cargueiros, flutuando com ar entediado. Pelo jeito, ia ser um dia bastante quente. As casas ao redor ainda dormiam, silenciosas, e só se ouviam os trilhos do trem rangendo vez ou outra e a melodia do programa de ginástica matinal no rádio soando ao longe.

Me recostei na cabeceira da cama, ainda nu, e depois de acender um cigarro olhei para a mulher que dormia ao meu lado. A luz do sol que entrava pela janela na face sul banhava todo o seu corpo. Ela dormia profundamente, com a colcha amassada ao pé da cama. Às vezes sua respiração se agitava, movendo os belos seios. Seu corpo era bem bronzeado, mas a cor já estava desbotando. A pele na marca do biquíni, delineada claramente, era tão branca que parecia estar apodrecendo.

Terminei de fumar e passei dez minutos tentando lembrar o nome dela, mas foi em vão. Para começo de conversa, eu não me lembrava nem mesmo se tinha chegado a saber seu nome. Desisti com um bocejo e voltei a observar seu corpo. Ela era mais magra do que gorda, e devia estar a uns dois anos de fazer vinte. Estendi a mão e a medi com palmos, da cabeça aos pés.

Abri e fechei as mãos oito vezes e no fim, no calcanhar, sobrou um dedão. Tinha 1,58m.

    Sob o seio direito havia uma mancha do tamanho de uma moeda de dez ienes, como se alguém tivesse derrubado molho, e seus delicados pelos pubianos cresciam como a vegetação à beira de um riacho depois de uma enchente. Para completar, sua mão esquerda só tinha quatro dedos.

9

Ela demorou mais umas três horas para acordar. E, mesmo depois de abrir os olhos, ainda precisou de uns cinco minutos para começar a compreender, mais ou menos, o que estava acontecendo. Durante todo esse tempo eu fiquei de braços cruzados, assistindo às nuvens sobre o horizonte mudarem de forma e desaparecerem rumo ao leste.

Quando me virei, ela tinha puxado a colcha até o pescoço e, lutando contra os resquícios de uísque em seu estômago, me encarava sem expressão.

— Quem é você?
— Você não lembra?

Ela fez que não, uma vez só. Acendi um cigarro e ofereci outro a ela, que me ignorou.

— Me explica o que aconteceu.
— Por onde você quer que eu comece?
— Pelo começo!

Eu não fazia ideia de qual seria o começo, nem de qual seria a melhor explicação para satisfazê-la. Talvez desse certo, talvez não. Pensei por uns dez segundos antes de começar:

— Estava um dia quente, mas agradável. Passei a tarde toda nadando na piscina, voltei pra casa, tirei um cochilo e comi. Aí já era um pouco depois das oito. Peguei o carro e saí pra dar uma volta. Parei na orla e fiquei lá, ouvindo rádio e olhando o mar. Faço isso sempre. Depois de uma meia hora, de repente me deu vontade de encontrar alguém. É um negócio esquisito... Quando olho por muito tempo pro mar, quero ver pessoas, e quando olho muito tempo pras pessoas, quero ver o mar. Então resolvi ir pro J's Bar. Eu queria uma cerveja, e, além disso, tem um amigo meu que fica lá sempre. Mas ontem ele não estava, então resolvi beber sozinho. Em coisa de uma hora, tomei três garrafas.

Fiz uma pausa e bati o cigarro no cinzeiro.

— Falando nisso, você já leu *Gata em teto de zinco quente*? Sem responder, ela continuou encarando o teto toda enrolada na colcha, segurando-a com firmeza como uma sereia que o mar arrastou para a praia. Ignorei aquilo e continuei a história.

— É que sempre que eu bebo sozinho me lembro dessa peça. Fico pensando se, a qualquer momento, a minha cabeça não vai fazer um clique e meus problemas vão desaparecer. Mas no mundo real as coisas não são tão simples. Até hoje, nunca tive clique nenhum. Bom, aí uma hora cansei de esperar e liguei pra casa dele. Ia falar pra ele vir beber comigo, só que quem atendeu o telefone foi uma mulher. Achei estranho, porque ele não costuma fazer isso. Mesmo se ele tiver levado cinquenta mulheres pra casa e bebido até cair, sempre faz questão de atender o próprio telefone. Entende?

"Então eu fingi que tinha discado errado, pedi desculpa e desliguei. Fiquei meio mal-humorado por um tempo depois de desligar, não sei bem por quê. Tomei mais uma cerveja, mas não melhorou meu humor. É um negócio idiota, eu sei... Mas não tem jeito, é a vida. Quando terminei a garrafa, resolvi ir pra casa ver os resultados do beisebol na TV até pegar no sono, então pedi a conta pro J. Aí ele me mandou lavar o rosto. É que pro J você pode ter bebido um engradado inteiro, mas, se lavar o rosto, já pode dirigir. Como não adiantava discutir, obedeci e fui pro banheiro. Na verdade eu nem pretendia lavar o rosto coisa nenhuma, ia só fingir, mesmo. Porque aquele banheiro quase sempre tá inundado, com o ralo entupido, sabe? Então não gosto de entrar lá. Mas ontem não estava assim. Em vez disso, encontrei você caída no chão."

Ela suspirou e fechou os olhos.

— E?

— Eu te levantei, te tirei do banheiro e rodei o bar todo perguntando pras pessoas se elas te conheciam. Mas ninguém conhecia. Então eu e o J cuidamos do seu machucado.

— Machucado?

— Quando você caiu, deve ter batido a cabeça em alguma quina. Mas não era nada grave.

Ela assentiu, tirou a mão de baixo da colcha e tocou de leve o ferimento na testa.

— Então conversei com o J pra ver o que a gente devia fazer. No fim, fiquei de te levar de carro até sua casa. Reviramos a sua bolsa e encontramos uma carteira, um chaveiro e um cartão-postal endereçado pra você. Paguei sua conta com o dinheiro que tinha na sua carteira, cheguei até aqui pelo endereço que estava no cartão, abri a porta e te coloquei na cama. Só isso. O recibo tá dentro da carteira.

Ela respirou fundo.

— E por que você ficou aqui?

— ?

— Depois de me trazer, por que você não foi embora logo?

— É que tive um amigo que morreu de intoxicação alcoólica. Depois de encher a cara de uísque ele se despediu da gente, voltou pra casa sem problemas, andando, escovou os dentes, botou o pijama e dormiu. Mas de manhã estava morto, durinho. Fizeram um belo funeral...

— ... Ah, sei. E por isso você ficou cuidando de mim a noite inteira.

— Na verdade, eu pretendia voltar pra casa lá pelas quatro, mas acabei pegando no sono. Quando acordei de manhã, também pensei em ir embora... Mas desisti.

— Por quê?

— Porque achei que precisava, no mínimo, te explicar o que tinha acontecido.

— Puxa, *quanta gentileza.*

Eu encolhi os ombros e deixei escorrer o veneno concentrado nas suas palavras.

— Eu... falei alguma coisa?
— Um pouco.
— Tipo o quê?
— Várias coisas... Mas já esqueci. Não era nada de mais.
Sem abrir os olhos, ela soltou um gemido do fundo da garganta.
— E o postal?
— Tá dentro da sua bolsa.
— Você leu?
— Imagina!
— Por quê?
— Ué, porque não tinha motivo pra ler — respondi, impaciente.
Alguma coisa no tom de voz dela estava me irritando. Mas, ao mesmo tempo, ela me causava certa nostalgia. Me fazia pensar em alguma coisa muito antiga. Se a gente tivesse se encontrado de um jeito mais normal, talvez tivéssemos passado momentos um pouco mais agradáveis juntos. Se bem que, na verdade, eu nem conseguia me lembrar de como era isso. Conhecer uma menina de um jeito normal.
— Que horas são? — perguntou ela.
Um pouco aliviado, levantei, olhei o relógio digital em cima da escrivaninha, enchi um copo de água e trouxe para ela.
— Nove horas.
Ela assentiu desanimada, se endireitou e tomou a água toda num gole só, escorada na parede.
— Eu bebi muito?
— Foi bastante, viu. Se fosse eu, já tinha morrido.
— Eu acho que estou morrendo.
Ela pegou um cigarro do maço ao lado da cama, acendeu, soltou um suspiro junto com a fumaça e arremessou o palito de fósforo pela janela em direção ao porto.
— Pega alguma coisa pra eu vestir.
— Tipo o quê?
Ela fechou os olhos de novo, com o cigarro na boca.
— Qualquer coisa. Só não faz mais perguntas, vai.

Abri o guarda-roupa em frente à cama e, depois de hesitar um pouco, peguei um vestido azul sem mangas e o entreguei para ela. Ela enfiou o vestido pela cabeça, sem se preocupar em pôr uma calcinha, subiu sozinha o zíper das costas e suspirou novamente.

— Tenho que sair.

— Pra onde?

— Pro trabalho — cuspiu ela, tentando se levantar ainda tonta.

Sentado na beirada da cama, observei distraído enquanto ela lavava o rosto e passava uma escova no cabelo.

O quarto até que era bem-arrumado, mas só até certo ponto. Pairava um ar de resignação, como se não valesse a pena se esforçar mais do que isso. Era meio deprimente.

Aquele cômodo tinha uns dez metros quadrados, e móveis baratos ocupavam quase toda a superfície, deixando livre um pequeno vão onde caberia apenas uma pessoa deitada. Em pé nesse espaço, ela desembaraçava o cabelo.

— Onde você trabalha?

— Não é da sua conta.

Não era mesmo.

Continuei em silêncio até o meu cigarro terminar. De costas para mim, ela se olhou no espelho e pressionou as olheiras que tinham surgido sob seus olhos.

— Que horas são? — perguntou novamente.

— Passaram dez minutos.

— Estou atrasada. Se veste logo e vai pra casa. — Ela passou um desodorante aerossol nas axilas. — Você tem casa, né?

Respondi que tinha, vesti minha camiseta e, ainda sentado na cama, olhei mais uma vez pela janela.

— Pra onde você vai?

— Pra perto do porto. Por quê?

— Te dou uma carona. Assim você não se atrasa.

Ela me encarou com a escova na mão. Parecia prestes a desabar em prantos a qualquer instante. Pensei que, se ela chorasse, com certeza ia se sentir melhor. Mas ela não chorou.

— Olha, presta bem atenção. Eu sei que passei da conta e que estava bêbada, então tenho responsabilidade nisso.

Ela falava com um ar quase pragmático, batendo com a escova contra a palma da mão. Esperei, calado, que ela continuasse.

— Não é?

— Acho que sim.

— Só que, pra um sujeito dormir com uma menina inconsciente... tem que ser *muito babaca*.

— Mas eu não fiz nada!

Ela passou um tempo calada, tentando conter suas emoções.

— Ah, é? Então por que é que eu estava pelada?

— Foi você mesma que tirou a roupa.

— Não acredito.

Ela arremessou a escova sobre a cama e enfiou um tanto de coisas na bolsa: a carteira, um batom, um remédio para dor de cabeça.

— Por acaso você tem como provar que não fez nada, tem?

— É só você mesma checar, ué.

— E como você espera que eu faça isso?

Pelo jeito, ela estava brava de verdade.

— Eu juro.

— Não acredito.

— A única solução é acreditar.

Ela desistiu de conversar, me expulsou do quarto, saiu e trancou a porta.

Caminhamos pela rua ao longo do rio até o terreno baldio onde meu carro estava estacionado, sem dizer uma palavra.

Enquanto eu limpava a poeira do para-brisa com um lenço de papel, ela rodeou o carro devagar, com ar desconfiado, e passou um tempo olhando para a enorme cara de touro pintada com tinta branca sobre o capô. O touro tinha um grande anel no nariz e sorria com uma rosa na boca. Um sorriso horrivelmente vulgar.

— Foi você que desenhou isso?
— Não, foi o antigo dono.
— Por que será que ele fez um negócio desses?
— Vai saber...

Ela deu dois passos para trás, examinou mais uma vez o desenho e então, arrependida por ter falado demais, entrou no carro de cara amarrada.

O carro estava um forno. Ela secava com um lenço o suor que escorria sem parar e, em silêncio, fumou um cigarro depois do outro até chegarmos ao porto. Acendia um cigarro, dava três baforadas, o encarava por algum tempo como se examinasse a marca de batom sobre o filtro, e então o esmagava no cinzeiro e acendia outro.

— Afinal, o que eu falei ontem, hein? — perguntou ela de repente, antes de descer do carro.
— Várias coisas.
— Me conta uma.
— Você falou sobre o Kennedy.
— O Kennedy?
— John F. Kennedy.

Ela sacudiu a cabeça e suspirou.
— Não me lembro de nada.

Quando saiu do carro, ela prendeu em silêncio uma nota de mil ienes atrás do retrovisor.

10

A noite estava muito quente. Dava para cozinhar um ovo com aquele calor.

Empurrei a porta do J's Bar com os ombros, como de costume, e respirei fundo o sopro gelado do ar-condicionado. Dentro do bar os cheiros de cigarro, uísque, batatas fritas, sovaco e esgoto se sobrepunham em camadas densas, como num bolo *baumkuchen*.

Sentei no último lugar do balcão, me recostei na parede e passei os olhos pelo bar como sempre fazia. Três marinheiros franceses com um uniforme que eu não conhecia, duas mulheres os acompanhando, um casal com seus vinte anos, e só. O Rato não estava.

Pedi uma cerveja e um sanduíche de carne enlatada, peguei um livro e resolvi esperar até o Rato chegar, sem pressa.

Passados uns dez minutos, entrou no bar uma mulher de cerca de trinta anos, com peitos do tamanho de toranjas e um vestido chamativo. Ela se sentou a um banco de distância de mim, passou os olhos pelo bar da mesma forma que eu fizera e pediu um *gimlet*. Tomou só um gole e então se levantou, fez um telefonema incrivelmente longo e foi ao banheiro levando sua bolsa. Ao todo, ela repetiu essas atividades três vezes durante cerca de quarenta minutos. Um gole de *gimlet*, um longo telefonema, a bolsa, o banheiro.

J, o barman, se aproximou e disse com ar mal-humorado que desse jeito ela ia gastar todo o traseiro. Ele é chinês, mas fala japonês muito melhor que eu.

Ao voltar da terceira visita ao banheiro, a mulher olhou ao redor, escorregou para o banco logo ao meu lado e falou baixinho:

— Oi, desculpa incomodar, mas... você podia me emprestar umas moedas?

Eu disse que sim, reuni todas as moedas que tinha nos bolsos e as coloquei sobre o balcão. Eram treze moedas de dez ienes, no total.

— Obrigada, você é um anjo. Se eu pedisse pra trocar mais uma nota ele ia me olhar feio...

— Sem problemas. Até fiquei mais leve assim.

Ela assentiu com um sorriso, recolheu as moedas num gesto só e desapareceu em direção ao telefone.

Eu desisti de ler, então pedi para o J trazer a televisãozinha portátil e fiquei tomando cerveja e assistindo a uma partida de beisebol. Era um belo jogo. Só na primeira entrada do quarto turno, dois arremessadores levaram seis rebatidas incluindo dois *home runs*, um jogador do campo externo não aguentou e desmaiou, e na troca de arremessador passaram seis comerciais. Um de cerveja, um de seguro de vida, um de suplementos de vitamina, um de uma companhia aérea, um de batata chips e um de absorventes.

Um dos marinheiros franceses, que pelo jeito acabou ficando sem nenhuma mulher, se aproximou às minhas costas segurando seu copo de cerveja e perguntou em francês o que eu estava assistindo.

— Baseball — respondi em inglês.

— *Beizebol?*

Expliquei as regras básicas para ele. Aquele sujeito joga a bola, esse outro rebate com o taco, e a cada volta eles ganham um ponto. O marinheiro assistiu por uns cinco minutos, e quando entraram os comerciais perguntou por que é que não tinha nenhum disco do Johnny Hallyday no jukebox.

— Porque ninguém gosta dele — respondi.

— Então de qual cantor francês as pessoas gostam?

— Do Adamo.

— Esse aí é belga.

— Michel Polnareff.

— Uma *merde*.

Dizendo isso, ele voltou para a sua mesa.

Quando começava o quinto turno do jogo, a mulher finalmente voltou.

— Obrigada. Deixa eu te pagar alguma coisa.

— Relaxa, não precisa.

— Eu não consigo pegar alguma coisa emprestada e não devolver. Pra bem ou pra mal.

Eu tentei sorrir, mas não deu certo, então só concordei em silêncio. A mulher chamou J com um dedo e disse: uma cerveja pra ele, um *gimlet* pra mim. J concordou com a cabeça três vezes, precisamente, e desapareceu para o outro lado do balcão.

— Pelo jeito, levei um cano... Você também?

— Tá parecendo.

— Uma garota?

— Um cara.

— Então a gente tá na mesma. Acho que vamos nos entender bem.

Assenti por falta de alternativa.

— Quantos anos você acha que eu tenho?

— Vinte e oito.

— Mas que mentiroso!

— Vinte e seis.

Ela riu.

— Bom, não vou reclamar. E você acha que eu sou solteira? Ou casada?

— Tem alguma recompensa, se eu acertar?

— Quem sabe...

— Casada.

— Hum... metade certo. Me divorciei no mês passado. Você já conversou com uma mulher divorciada antes?

— Não. Mas uma vez conheci uma vaca nevrálgica.

— Onde?

— No laboratório da faculdade. Precisou de cinco pessoas pra trazer ela pra dentro da sala.

A mulher riu com gosto.

— Você é estudante?

— Sou.

— Eu já fui estudante, há muito tempo. Na década de sessenta. Foi uma época boa.

— Onde você estudou?

Ela tomou um gole do *gimlet* rindo baixinho, sem responder, e de repente olhou para o relógio como se tivesse acabado de se lembrar de alguma coisa.

— Preciso fazer mais uma ligação.

Minha pergunta não respondida continuou pairando no ar por algum tempo depois que ela se foi.

Bebi metade da cerveja e chamei o J para pedir a conta.

— Vai fugir?

— Vou.

— Não gosta de mulheres mais velhas?

— Não é questão de idade... Bom, se o Rato aparecer, fala que mandei um abraço.

Quando eu saí do bar, a mulher tinha terminado a ligação e estava entrando pela quarta vez no banheiro.

Durante todo o caminho de volta para casa, assobiei uma melodia que eu conhecia de algum lugar, mas cujo nome não conseguia lembrar. Uma música muito antiga. Parei o carro na orla e, encarando a escuridão do mar noturno, tentei lembrar o nome.

Era a música do *Clube do Mickey*. Acho que a letra era assim:

Venham todos cantar juntos num grande coral
M-I-C-K-E-Y-M-O-U-S-E

Talvez tivesse sido uma época boa, mesmo.

11

On:

Opa, boa noite, pessoal, como vão? Eu estou ótimo, melhor impossível! Queria até poder distribuir um pouco desse bom humor! Você está ouvindo a Rádio N.E.B., com o programa que você já conhece: *Pop Telephone Requests*! A partir de agora até às nove desta bela noite de sábado, você vai ouvir as músicas mais quentes! Músicas para matar a saudade, músicas para se divertir, músicas que vão te fazer dançar, músicas que já encheram o saco, músicas que dão enjoo... pode ligar à vontade porque aqui vale tudo! O número de telefone vocês já sabem, não é? Disquem com cuidado, hein? "Chamada não atendida é canção perdida!" Esse versinho não está muito bom, mas deu pra entender, né? Aliás, desde que abrimos para as ligações, agora às dezoito horas, nossos dez telefones estão tocando sem parar! Querem ouvir como é que está o barulho por aqui? ... E aí, que tal? Incrível, hein? É isso aí, assim que eu gosto. Quero ver todo mundo ligando até os dedos caírem de tanto discar! Falando nisso, na semana passada ligaram tanto que queimou um fusível aqui, e deixamos vocês na mão, não foi? Mas agora já está tudo certo. Ontem trocamos tudo por uma fiação especial. Um negócio grosso que nem uma pata de elefante! "Pata de elefante, mais grossa que um barbante"... Quase virou um haicai. Então não se preocupe, pode ligar até ficar maluco! O pessoal aqui na emissora pode ficar maluco de tanto atender o telefone, mas *o fusível não vai queimar*! Beleza? Então vamos lá! Hoje o calor estava de matar, mas vamos ouvir um rock bem animado e esquecer isso. É pra isso que existe a boa música, sabia? E pra isso que existem as pessoas bonitas também. O.k., vamos à primeira música! Essa aqui é pra ficar bem quietinho só escutando. Que canção maravilhosa. Você nem vai mais lembrar do calor! "Rainy Night in Georgia", do Brook Benton.

OFF:

... Agh... Mas que calor é esse, meu Deus...
... Ei, não dá pra aumentar o ar? ... Isso aqui parece um inferno. Dá um jeito nisso, eu estou pingando de suor...
... Ah, agora sim...

... Alguém me traz uma coca-cola bem gelada? Estou com sede... Relaxa. Não vou precisar mijar, não. Tenho uma bexiga de aço... É, a be-xi-ga...

... Obrigado, Mimi, está ótimo... Ahá, bem geladinha...

... Ei, não tem abridor...

... Como assim abrir com os dentes? Não fala bobagem... Pô, vai acabar a música, vai logo, para de piada!... Ei, um abridor, vai!

... Merda...

ON:

Que maravilha, não é? Isso é que é música. Brook Benton, "Rainy Night in Georgia". Deu uma refrescada? Falando nisso, qual vocês acham que foi a temperatura máxima de hoje? Trinta e sete graus, cara, trinta e sete! Eu sei que é verão, mas isso já é demais. Parece um forno. Quando a temperatura chega a trinta e sete graus, é mais fresco ficar com uma garota do que ficar sozinho, viu? Acreditam em mim? Bom, chega de conversa. Tem mais música pra gente ouvir! Creedence Clearwater Revival, "Who'll Stop the Rain". Let's rock, baby!

OFF:

... Tudo bem, não precisa mais, já abri aqui na base do microfone...

... Ah, que delícia...

... Tudo bem. Não vou ficar com soluço, não. Você é meio neurótica, né?...

... E aí, como está o beisebol? ... Estão transmitindo ao vivo na outra estação, não é?...

... Pô, como assim, não tem um aparelho de rádio aqui? Numa emissora? Isso é um crime, cara...

... Tá bom, tudo bem. Deixa isso pra lá, o que eu queria de verdade era uma cerveja. Trincando de gelada...

... Putz, parece que me deu soluço, mesmo... que merda...

... *hic*...

12

O telefone tocou às sete e quinze da noite.

Bem quando eu estava tomando cerveja e comendo biscoito, esticado numa cadeira de vime na sala.

— Opa, boa noite! Aqui é do *Pop Telephone Requests*, da Rádio N.E.B. Você estava ouvindo nosso programa?

Engoli apressado o biscoito que tinha na boca, empurrando com um gole de cerveja.

— Rádio?

— É, no rádio. A invenção mais maravilhosa... *hic*... que a civilização já criou. Ele é muito mais preciso que um aspirador de pó, muito menor que uma geladeira, muito mais barato que uma televisão. O que você estava fazendo?

— Lendo um livro.

— Tsc, tsc. Isso não presta pra nada. Você precisa é ouvir o rádio. Ler só deixa a gente mais solitário. Não acha?

— Ahã.

— Livros só servem pra matar o tempo, pra ler segurando com uma mão enquanto o espaguete cozinha. Entendeu?

— Ahã.

— Ótimo... *hic*... então dá pra gente conversar. Me diz uma coisa, você já falou com um radialista com soluço antes?

— Não.

— Então é a primeira vez. Também deve ser a primeira vez para o pessoal que está ouvindo o rádio, não é? Falando nisso, você sabe por que é que estou te ligando durante a transmissão?

— Não.

— Na verdade, é que uma menina pediu uma música... *hic*... em sua homenagem. Sabe quem é?

— Não.

— A música que ela pediu foi "California Girls", dos Beach Boys, um clássico das antigas. E aí, descobriu quem é?

Pensei por algum tempo e respondi que não fazia ideia.

— Hum... Assim fica complicado. Se você acertar, vamos te mandar como brinde uma camiseta personalizada! Tenta lembrar, vai!

Pensei mais um pouco. Dessa vez senti, bem de leve, que havia algo escondido no fundo da minha memória.

— "California Girls"... Beach Boys... E aí, lembrou de alguma coisa?

— Pensando bem, há uns cinco anos peguei esse disco emprestado de uma menina da minha sala.

— Como era essa menina?

— Eu ajudei ela a encontrar as lentes de contato que ela tinha perdido numa viagem de escola. Aí como agradecimento ela me emprestou o disco.

— Ah, lentes de contato, entendi... E você devolveu o disco direitinho?

— Não, acabei perdendo ele.

— Ih, assim não dá. Tinha que devolver, nem que precisasse comprar outro. A gente pode até emprestar alguma coisa pras garotas... *hic*... mas nunca deve ficar devendo nada. Sacou?

— Certo.

— O.k.! Bom, a garota que perdeu a lente na viagem da escola há cinco anos também está ouvindo o rádio, não está? Então... qual é o nome dela?

Falei o nome, que finalmente tinha conseguido lembrar.

— Olha só, querida, ele vai comprar o disco e te devolver, viu! Que bom, né? Aliás, quantos anos você tem?

— Vinte e um.

— Que idade maravilhosa. É estudante?

— Sou.

— ... *hic*...
— Oi?
— Qual curso?
— Biologia.
— Puxa... Você gosta de animais?
— Gosto.
— Por que você gosta deles?
— Hum... Acho que é porque eles não riem.
— Puxa... Então os animais não riem?
— Os cachorros e cavalos riem um pouco.
— Minha nossa! Quando é que eles riem?
— Quando estão contentes.

Eu estava começando a ficar bravo, o que não me acontecia havia anos.

— Então... *hic*... pode existir um cachorro comediante?
— Talvez você mesmo seja um.
— Hahahahaha!

13

"California Girls"

Well, East Coast girls are hip,
I really dig those styles they wear,
And the southern girls with the way they talk
They knock me out when I'm down there.

The Midwest farmers' daughters
Really make you feel all right,
And the northern girls with the way they kiss,
They keep their boyfriends warm at night.

I wish they all could be California girls…

14

A camiseta chegou pelo correio durante a tarde, três dias depois.

Era assim:

15

Na manhã do dia seguinte, eu caminhava à toa pelo porto, usando a camiseta que ainda pinicava de tão nova, quando uma loja de discos me chamou a atenção. Empurrei a porta e entrei. Não havia nenhum cliente na loja, só uma vendedora sentada no balcão, organizando os recibos com ar de enfado e tomando uma lata de coca-cola. Foi só depois de olhar os discos por um tempo que eu me dei conta, de repente, de que a conhecia. Era a menina sem o dedo mindinho que eu encontrara caída no banheiro, uma semana antes. Eu disse oi. Um pouco surpresa, ela me encarou, olhou minha camiseta, e terminou a lata de coca.

— Como você descobriu que eu trabalhava aqui? — perguntou, com ar resignado.

— Foi coincidência. Entrei pra comprar um disco.

— Que disco?

— Aquele LP dos Beach Boys que tem "California Girls".

Ela assentiu com a cabeça, desconfiada, caminhou com passos largos até a estante de discos e voltou abraçando o LP, como um cachorro bem treinado.

— Esse aqui, né?

Fiz que sim, e passei os olhos pela loja, com as mãos no bolso.

— E também queria o concerto para piano número três do Beethoven.

Ela não disse nada e dessa vez voltou trazendo dois discos.

— Você quer com o Glenn Gould ou com o Backhaus?

— Glenn Gould.

Ela colocou um disco sobre o balcão e guardou o outro de volta na prateleira.

— Mais alguma coisa?

— Aquele do Miles Davis que tem "A Gal in Calico".

Dessa vez demorou um pouco mais, mas ela voltou trazendo o disco nas mãos.

— O que mais?

— Só isso. Obrigado.

Ela colocou os três discos no balcão.

— Você que vai ouvir tudo isso?

— Não, é pra presente.

— Puxa, você é muito gentil, né.

— Parece que sim.

Ainda desconfortável, ela encolheu os ombros e disse que eram 5550 ienes. Entreguei o dinheiro e peguei a sacola.

— Bom, pelo menos já vendi três discos antes do almoço, graças a você.

— Que bom.

Ela suspirou, sentou na cadeira atrás do balcão e recomeçou a mexer nos recibos.

— Você trabalha aqui sozinha?

— Tem mais uma menina, mas ela saiu pra almoçar.

— E você?

— Vou quando ela voltar.

Tirei um cigarro do bolso, acendi, e fiquei olhando ela trabalhar por algum tempo.

— Não quer ir almoçar comigo?

Ela fez que não, sem tirar os olhos dos recibos.

— Eu gosto de comer sozinha.

— Eu também.

— Ah, é? — Ela afastou os recibos para um canto com ar cansado, colocou o novo disco do Harpers Bizarre na vitrola e baixou a agulha. — Então por que me convidou?

— Às vezes é bom mudar de hábitos.

— Muda sozinho, faz favor. — Ela recolheu os recibos e recomeçou a trabalhar. — Me deixa em paz, vai.

Eu assenti.

— Acho que já te disse, mas você é um babaca — disse ela, de cara amarrada, folheando os recibos com seus quatro dedos.

16

Quando entrei no J's Bar, o Rato estava sentado com os cotovelos no balcão, lendo de cenho franzido um romance do Henry James, grosso como uma lista telefônica.

— É bom?

O Rato levantou o rosto e fez que não com a cabeça.

— Mas li muito esses dias, desde aquela conversa. "Prefiro uma mentira grandiosa a uma verdade miserável." Já ouviu?

— Não.

— É do Roger Vadim. Um diretor francês. Também encontrei isso: "O verdadeiro sábio é aquele que consegue acreditar ao mesmo tempo em duas ideias opostas e colocá-las em prática".

— Quem foi que disse isso?

— Não lembro. Você acha que é verdade?

— É mentira.

— Por quê?

— Pensa assim: você acorda às três da manhã morto de fome. Abre a geladeira e não tem nada. O que você faz?

O Rato refletiu por um instante e riu alto. Chamei o J, pedi uma cerveja e uma porção de batata, peguei o pacote com um dos discos e o entreguei ao Rato.

— O que é isso?

— Presente de aniversário.

— Mas é só no mês que vem.

— Mês que vem já não dá pra eu te entregar.

O Rato ficou pensativo, segurando o pacote.

— Ah é… Vai ficar triste por aqui sem você — disse ele, desembrulhando o disco. — Concerto para piano número três, Glenn Gould, Leonard Bernstein. Hum... Nunca ouvi. E você?

— Também não.

— De qualquer jeito, obrigado. Pra falar a verdade, fiquei muito feliz.

17

Passei três dias tentando descobrir o telefone dela. Da menina que tinha me emprestado o LP dos Beach Boys.

Primeiro, fui até a secretaria do colégio e achei o número dela na lista de contatos dos ex-alunos. Mas, quando liguei, uma gravação disse que o número de telefone não existia. Então liguei para o serviço de informações. Depois de buscar por cinco minutos, a telefonista disse que não havia nenhum número registrado com o nome em questão. Gostei da parte do "nome em questão". Agradeci e desliguei.

No dia seguinte, liguei para algumas pessoas com quem havia estudado e perguntei se tinham notícias dela. Ninguém sabia de nada, inclusive a maior parte deles nem sequer se lembrava da sua existência. A última pessoa para quem liguei, não sei por quê, soltou um "não quero nem ouvir sua voz, seu merda!" e desligou na minha cara.

No terceiro dia, voltei à secretaria da escola e perguntei o nome da universidade para onde ela tinha ido. Era o departamento de inglês de uma universidade feminina não muito boa, em um bairro residencial. Liguei para o escritório da universidade e disse, num tom muito educado, que eu trabalhava na empresa Molhos de Salada McCormick e precisava falar com ela a respeito de uma enquete, se poderiam, por gentileza, me informar seu endereço e número de telefone. Que perdoassem o incômodo, mas era uma questão importantíssima. O funcionário do escritório disse que iria procurar as informações e pediu que eu ligasse novamente em quinze minutos. Quando liguei novamente, depois de beber uma cerveja, ele falou que ela havia abandonado o curso em março daquele ano. Disse que foi por motivo de saúde, mas não soube informar se ela já estaria recuperada o suficiente para provar molhos de salada, nem por que ela havia abandonado o curso em vez de apenas trancar a matrícula.

Perguntei se ele tinha algum endereço, mesmo que fosse antigo, e ele me passou um. Era uma pensão perto da universidade. Liguei para lá, e uma mulher que parecia ser a dona atendeu, disse que a menina havia deixado o quarto na primavera daquele ano, que não sabia para onde ela tinha ido, e então bateu o telefone como quem diz: e nem me interessa saber.

Essa era a última ponta da linha que me conectava a ela.

Voltei para casa, e escutei "California Girls" sozinho, tomando uma cerveja.

18

O telefone tocou.

Eu estava meio dormindo, deitado na cadeira de vime, olhando para um livro aberto. Uma chuva grossa de fim de tarde tinha caído, molhando as árvores do jardim, e terminado. Depois da chuva, soprava um vento sul úmido, com cheiro de mar, que agitava de leve as folhagens dos vasos na varanda e as cortinas.

— Alô — disse uma voz feminina. Como quem apoia um copo, bem devagar, sobre uma mesa instável. — Lembra de mim?

Fingi que pensava um pouco.

— Tem vendido muitos discos?

— Não muitos... Acho que é a crise. Ninguém mais ouve discos.

— É.

Ela tamborilou as unhas no telefone.

— Tive o maior trabalho pra achar seu telefone.

— Ah, é?

— Perguntei no J's Bar. O moço do bar perguntou pro seu amigo e me contou. Perguntou pra um sujeito alto e meio esquisito, sabe? Ele tava lendo Molière.

— Entendi.

Silêncio.

— Eles estavam chateados porque fazia uma semana que você não aparecia, disseram que devia estar doente.

— Não sabia que eu era tão popular.

— ... Você tá bravo comigo?

— Por quê?

— Porque eu fui grossa com você. Queria pedir desculpas.

— Não precisa se preocupar comigo. Se estiver se sentindo mal, pode ir num parque dar milho pros pombos ou alguma coisa assim.

Ela suspirou. Ouvi um cigarro sendo aceso do outro lado da linha. Mais ao fundo, tocava *Nashville Skyline*, do Bob Dylan. Será que ela estava ligando do telefone da loja?

— A questão não é se você está bravo ou não. É que eu acho que não precisava ter falado daquele jeito — falou ela, bem rápido.

— Você é muito dura com você mesma, né?

— É, eu tento ser.

Ela ficou em silêncio por um tempo.

— Será que dá pra gente se encontrar hoje?

— Dá, sim.

— Às oito, no J's Bar. O.k.?

— Tá bom.

— ... Olha, é que as coisas não foram fáceis ultimamente.

— Eu entendo.

— Obrigada.

Ela desligou.

19

É uma longa história, mas, resumindo, tenho vinte e um anos.
Ainda é pouco, mas não tão pouco quanto antes. Se eu me preocupasse com isso, só me restaria pular do alto do Empire State numa manhã de domingo.

Um dia ouvi a seguinte piada, num filme sobre a Crise de 29: "Sabe, eu sempre passo embaixo do Empire State com o guarda-chuva aberto, porque chove gente lá de cima".

Eu tenho vinte e um anos e, pelo menos por ora, não pretendo morrer. Até hoje, dormi com três garotas.
A primeira era uma colega de turma do colegial. Nós tínhamos dezessete anos e acreditávamos que era amor. Num fim de tarde, no meio do mato, ela tirou os mocassins marrons, tirou as meias de algodão branco, tirou o vestido de linho listrado verde-claro, tirou a calcinha e o sutiã meio esquisitos, claramente do tamanho errado, e, depois de hesitar um pouco, tirou o relógio de pulso. E então nós fizemos amor sobre a edição de domingo do jornal *Asahi*.
Nós nos separamos de repente, poucos meses depois da formatura. Já me esqueci qual foi o motivo. De qualquer jeito, era o tipo de motivo tão banal que se esquece. Desde então, nunca mais a vi. Às vezes, quando não consigo dormir, penso nela. Só isso.

A segunda foi uma menina hippie que conheci na estação de metrô de Shinjuku. Ela tinha dezesseis anos, nenhum centavo, nenhum lugar para dormir e, de quebra, quase nenhum peito.

Mas tinha olhos bonitos e inteligentes. Foi na noite em que aconteceu a manifestação mais violenta em Shinjuku, e os ônibus e trens estavam todos completamente parados.

— Se você ficar por aqui à toa desse jeito, eles vão te pegar! — falei para ela.

Ela estava do lado de dentro das catracas fechadas da estação, agachada lendo um jornal de esportes que tinha tirado do lixo.

— Pelo menos os tiras me dão comida.
— Mas você vai se dar mal nas mãos deles.
— Estou acostumada.

Acendi um cigarro e dei outro para ela. Meus olhos ardiam com o gás lacrimogênio.

— Não comeu nada?
— Não, desde de manhã.
— Olha, eu te dou alguma coisa pra comer, o.k.? Só vamos sair logo daqui.
— Por que vai me dar comida?
— Sei lá.

Eu também não sabia, mas a puxei de dentro da catraca e caminhamos até Mejiro pelas ruas desertas.

Essa menina extremamente quieta passou uma semana vivendo no meu apartamento. Ela acordava sempre depois do meio-dia, comia, fumava, lia distraída, via televisão e às vezes fazia um sexo indiferente comigo. Tudo o que ela possuía era uma bolsa de lona branca, uma parca bem grossa, duas camisetas, uma calça jeans, três calcinhas sujas e uma caixa de absorventes.

— De onde você é? — perguntei, certa vez.
— De um lugar que você não conhece — respondeu ela, e não disse mais nada.

Um dia, quando voltei do supermercado carregando sacolas de comida, ela tinha sumido. A sua bolsa branca também. Fora isso, sumiram algumas outras coisas — uns trocados que estavam jogados na escrivaninha, um maço de cigarros, e uma camiseta recém-lavada. Em cima da escrivaninha havia um pedaço de papel, como um bilhete de despedida, contendo apenas uma palavra: "babaca". Desconfio que ela estava falando de mim.

A terceira menina foi uma estudante de literatura francesa que conheci na biblioteca da faculdade. Na primavera do ano seguinte, ela se enforcou dentro do bosque meio abandonado que ficava ao lado das quadras de tênis. Seu corpo ficou balançando ao vento por duas semanas inteiras e só foi encontrado quando recomeçaram as aulas. Hoje em dia, ninguém mais chega perto daquele bosque depois que anoitece.

20

Ela parecia desconfortável sentada no balcão do J's Bar, mexendo com o canudo o gelo quase derretido em um copo de ginger ale.

— Achei que você não vinha! — disse ela, um pouco aliviada, quando me sentei.

— Eu não ia te dar um cano. Atrasei porque tive que cuidar de umas coisas.

— Que coisas?

— Engraxar uns sapatos.

— Esses seus tênis de basquete? — perguntou ela, apontando para meus tênis esportivos.

— Imagina. Os sapatos do meu velho. É uma regra lá em casa: "é imprescindível que os filhos engraxem os sapatos de seu progenitor".

— Por quê?

— Sei lá... Devem achar que os sapatos simbolizam alguma coisa. O fato é que meu pai chega todo dia precisamente às oito horas, eu engraxo os sapatos dele e depois saio correndo pra tomar cerveja.

— É um bom hábito.

— Você acha?

— Acho. Você devia ser grato ao seu pai.

— Sou muito grato por ele ter só dois pés.

Ela riu baixinho.

— Deve ser uma família muito admirável.

— E como! Minha família, além de ser admirável, não tem grana nenhuma. É tanta emoção que mal contenho as lágrimas.

Ela continuava mexendo o ginger ale com o canudo.
— A minha família era muito mais pobre.
— Como você sabe?
— Pelo cheiro. Um pobre fareja o outro, assim como gente rica se reconhece pelo cheiro.

O J trouxe uma cerveja, e eu enchi meu copo.
— Onde tão seus pais?
— Não quero falar disso.
— Por quê?
— Pessoas respeitáveis não ficam falando por aí sobre suas briguinhas familiares. Ficam?
— E você é uma pessoa admirável?

Ela pensou por quinze segundos.
— Gostaria de me tornar uma. Realmente me dedico a isso. Qualquer um gostaria, não é?

Preferi não responder.
— Mas acho que é melhor falar — eu disse.
— Por quê?
— Primeiro porque, de qualquer jeito, você vai acabar falando pra alguém alguma hora. Segundo porque, se for pra mim, eu não vou contar sobre isso pra ninguém.

Ela sorriu, acendeu um cigarro, e ficou encarando os veios da madeira do balcão durante três tragadas.
— Faz cinco anos que meu pai morreu por causa de um tumor no cérebro. Foi horrível. Ele agonizou por dois anos inteiros, e a gente gastou todo nosso dinheiro com isso. Todinho, até o último centavo. De quebra, isso destruiu a família. Ficamos exaustos demais. Uma história bem comum, não é?

Eu assenti.
— E sua mãe?
— Ela manda um cartão todo fim do ano, então deve estar viva em algum canto.
— Pelo jeito você não gosta muito dela.
— Pois é.
— E irmãos, tem algum?
— Uma irmã gêmea, só.

— Onde ela tá?

— A uns trinta mil anos-luz daqui.

Ela deu uma risada nervosa e empurrou o copo de ginger ale para longe.

— Viu, eu disse que não é bom falar mal da própria família. É deprimente.

— Não se preocupe com isso. Todo mundo tem seus problemas.

— Você também?

— Ahá. Choro muito agarrado ao pote de creme de barbear.

Ela riu com gosto. Parecia não rir havia muito tempo.

— Escuta, por que você está tomando refrigerante? — perguntei. — Não vai me dizer que parou de beber?

— Hum... Eu pretendia, mas já desisti.

— O que quer tomar?

— Um vinho branco bem gelado.

Chamei o J, pedi um vinho branco e outra cerveja.

— Me conta, como é ter uma irmã gêmea?

— É esquisito. A mesma cara, o mesmo QI, o mesmo tamanho de sutiã... Era um saco.

— As pessoas confundiam muito vocês?

— Confundiam bastante, até os oito anos. Depois disso ninguém mais confundiu, porque eu tinha só nove dedos.

Dizendo isso, ela dispôs as duas mãos lado a lado sobre o balcão, como um pianista se preparando para um concerto. Peguei sua mão esquerda e a examinei com atenção sob a luz da luminária. Estava gelada como um copo de coquetel, e os quatro dedos se alinhavam num equilíbrio natural e agradável, como se sempre tivessem sido assim. Tinham uma naturalidade quase milagrosa e, no mínimo, eram mais convincentes do que se fossem seis dedos.

— Aos oito anos, prendi o dedinho no motor de um aspirador de pó. Ele voou longe.

— E onde ele tá agora?

— Ele quem?

— O dedinho.

— Não me lembro — disse ela, rindo. — Você é a primeira pessoa que pergunta isso.

— É ruim não ter o dedinho?

— Pra pôr luvas, é.

— E fora isso?

Ela sacudiu a cabeça.

— Seria mentira se eu dissesse que não me incomoda nem um pouco. Mas não é muito, é que nem quando outras meninas se incomodam por ter um pescoço gordo ou canelas peludas.

Concordei com a cabeça.

— O que você faz?

— Faço faculdade. Em Tóquio.

— E está visitando a família durante as férias, então.

— É.

— Que curso?

— Biologia. Eu gosto de animais.

— Eu também gosto.

Esvaziei meu copo e peguei algumas batatas.

— Sabia que em Bhagalpur, na Índia, tinha um leopardo famoso que em três anos matou e comeu trezentos e cinquenta indianos?

— Ah, é?

— E o sujeito que chamaram pra exterminar ele, um coronel inglês chamado Jim Corbett, matou, em oito anos, cento e vinte e cinco tigres e leopardos, contando esse. Mesmo assim você gosta de animais?

Ela apagou o cigarro, tomou um gole de vinho e me encarou admirada por algum tempo.

— Você é meio esquisito, mesmo.

21

Quinze dias depois que a minha terceira namorada morreu, li *A feiticeira*, de Jules Michelet. É um livro extraordinário. Lá havia a seguinte passagem:

> Remy, excelente juiz da Lorena, que mandou queimar oitocentas, triunfa desse terror. "A minha justiça é tão boa — diz —, que dezesseis, presas no outro dia, não esperaram e logo se enforcaram."

Esse trecho, "a minha justiça é tão boa", é particularmente notável.

22

O telefone tocou.

Eu estava refrescando meu rosto, queimado como um pimentão de tanto ir à piscina, com uma loção de calamina. Deixei o telefone tocar dez vezes, mas como ele não parava, desisti e me levantei da cadeira, sacudindo os quadradinhos de algodão que havia disposto cuidadosamente como um xadrez sobre meu rosto.

— Oi. Sou eu.
— E aí?
— Tava fazendo alguma coisa?
— Não, nada.

Limpei o rosto ardido com a toalha que trazia pendurada no pescoço.

— Foi legal ontem. Fazia tempo que eu não me divertia.
— Que bom.
— Então… Você gosta de carne ensopada?
— Ahá.
— Fiz um ensopado, mas se eu for comer sozinha vai levar uma semana pra acabar com tudo isso. Não quer vir comer comigo?
— Não é má ideia.
— Tá. Então vem daqui a uma hora. Se você se atrasar, jogo tudo no lixo! Entendeu?
— Ei…
— É que eu não gosto de esperar, é só isso — disse ela, e desligou antes que eu pudesse responder.

Deitei novamente no sofá e passei uns dez minutos olhando para o teto, ouvindo distraído o Top 40 do rádio. Depois me levantei, tomei um banho, fiz a barba cuidadosamente com água quente e vesti uma camisa e uma bermuda recém-chegadas da lavanderia.

Estava um fim de tarde agradável. Dirigi ao longo da costa olhando o sol poente e, antes de entrar na rodovia, comprei duas garrafas de vinho gelado e um maço de cigarros.

Enquanto ela arrumava a mesa, dispondo uma louça branquíssima, abri o vinho escavando a rolha com uma faquinha de cortar frutas. O apartamento estava horrivelmente abafado por causa do vapor do cozido.

— Não achei que fosse ficar tão quente assim... Tá um inferno, né?

— O inferno é mais quente que isso.

— Ah, você já foi pra lá, então?

— Me contaram. Diz que quando você está quase ficando louco de tanto calor, te levam pra um lugar um pouco mais fresco. Aí, logo que você se recupera um pouco, te devolvem pro lugar de antes.

— Igualzinho uma sauna.

— É, tipo isso. Mas tem gente que enlouquece de vez e não volta mais ao normal.

— O que eles fazem com essas pessoas?

— Levam elas pro céu, pra elas ficarem lá pintando as paredes. As paredes do céu precisam ser sempre perfeitamente brancas, né, sem nem uma manchinha. Se não fica ruim pra imagem deles, sabe? Então os malucos ficam lá pintando, todo dia, de manhã até a noite. A maioria acaba ficando com problemas respiratórios.

Ela não perguntou mais nada. Eu servi duas taças, tirando com cuidado os pedaços de rolha que tinham caído dentro da garrafa.

— Vinho gelado e corações quentes — disse ela, quando brindamos.

— O que é isso?

— É daquele comercial de TV. Vinho gelado e corações quentes. Você nunca viu?

— Não...
— Você não vê televisão?
— Muito pouco. Antes eu via bastante... O que eu mais gostava era a cachorra Lassie. A primeira delas, claro.
— Ah, é que você gosta de animais, né?
— Ahã.
— Eu, se não tiver nada pra fazer, sou capaz de ver TV o dia todinho. Ontem assisti a um debate com um biólogo e um químico. Você viu?
— Não.

Ela tomou um gole de vinho e sacudiu a cabeça, relembrando.

— Pasteur tinha uma boa intuição científica, sabe.
— *Intuição científica?*
— ... Quer dizer, os cientistas normais pensam assim: A é igual a B, B é igual a C, portanto A é igual a C. *Q.E.D.*, certo?

Eu concordei.

— Mas Pasteur pensava diferente. O que vinha na cabeça dele era A = C, só isso. Sem demonstrações, nem provas. Mas a história provou que as teorias dele estavam certas, e ao longo da vida ele fez várias descobertas importantes.
— Como as vacinas.

Ela apoiou a taça na mesa e me olhou incrédula.

— A vacina foi o Jenner! Como é que você entrou na faculdade?
— ... Então foram os anticorpos da raiva... e a esterilização a baixa temperatura?
— Acertou.

Ela sorriu satisfeita, de boca fechada, depois tomou todo o vinho da taça e se serviu de mais.

— No debate na televisão, eles chamaram essa capacidade de "intuição científica". Você tem esse tipo de intuição?
— Praticamente zero.
— Queria ter?
— Talvez fosse útil pra alguma coisa... Pra usar na cama com as mulheres, quem sabe.

Ela riu e foi até a cozinha, de onde voltou trazendo a panela de cozido, uma vasilha de salada e pãezinhos. Pela janela escancarada finalmente começava a entrar um pouco de ar fresco.

Comemos devagar, ouvindo discos na vitrola. Enquanto comíamos, ela me perguntou sobre a faculdade e a vida em Tóquio. Não era um tema muito interessante. Contei sobre um experimento que fizera com gatos ("claro que a gente não matou eles", menti. Disse que era um experimento de psicologia, principalmente. A verdade é que eu havia matado, durante dois meses, trinta e seis gatos de todos os tamanhos) e sobre as manifestações e greves. Mostrei a marca no meu dente da frente, que foi quebrado por um policial da tropa de choque.

— Você quer se vingar desse guarda?
— Imagina! — respondi.
— Por que não? Se fosse eu, ia atrás dele com um martelo e quebrava seus dentes todinhos.
— Bom, mas eu não sou você, e tudo isso já acabou. De qualquer jeito, eu nunca ia conseguir achar o cara, porque todos os policiais do choque são iguais...
— Mas, então qual é o sentido?
— Sentido?
— Qual o sentido de fazer tudo isso, até quebrar um dente?
— Não tem nenhum.

Ela deu um grunhido insatisfeito e comeu mais uma garfada do ensopado.

Depois do jantar tomamos um café, lavamos a louça lado a lado na cozinha estreita, e voltamos para a mesa, onde ficamos fumando e ouvindo um disco do MJQ.

A blusa que ela vestia delineava claramente seus mamilos, e o short de algodão caía solto sobre os quadris. Para completar, nossos pés se chocavam repetidamente sob a mesa. A cada vez eu ficava mais vermelho.

— Tava bom?

— Ótimo.

Ela mordeu o lábio de leve.

— Por que você só fala as coisas quando eu pergunto?

— Não sei, é um mau costume. Sempre me esqueço de dizer justamente as coisas importantes.

— Posso te dar um conselho?

— Por favor.

— É melhor você se livrar desse costume, ou vai sair perdendo.

— Talvez... Mas é que nem carro velho: quando você conserta uma coisa, os outros problemas começam a chamar mais atenção.

Ela riu e trocou o disco por um Marvin Gaye. O relógio mostrava que eram quase oito horas.

— Hoje você não precisa engraxar os sapatos?

— Engraxo de madrugada, antes de dormir. Já cuido dos dentes e dos sapatos de uma vez.

Com os cotovelos sobre a mesa, o queixo apoiado confortavelmente nas mãos, ela falava olhando dentro dos meus olhos, o que me deixava terrivelmente sem jeito. Eu acendia cigarros, olhava pela janela, tentava o tempo todo desviar o olhar, mas ela parecia achar isso cada vez mais engraçado.

— Sabe, acho que posso acreditar em você.

— Acreditar no quê?

— Que você realmente não fez nada comigo, no outro dia.

— Por quê?

— Quer saber?

— Não.

— Sabia que ia dizer isso. — Ela riu baixinho, serviu mais vinho na minha taça, e olhou pela janela como se pensasse em alguma coisa. — Às vezes eu penso como seria bom poder viver sem incomodar ninguém. Você acha que é possível?

— Será?

— Me diz, eu estou te incomodando?

— Tá tudo bem.
— Por enquanto, né?
— Por enquanto.

Ela esticou o braço por cima da mesa, pousou a mão sobre a minha por algum tempo, depois tirou novamente.

— Vou viajar amanhã.
— Pra onde?
— Ainda não sei. Quero ir para algum lugar tranquilo e fresco… Por uma semana, mais ou menos.

Eu assenti.

— Quando eu voltar, te ligo.

*

No caminho de volta, dentro do carro, me lembrei de repente da primeira menina com quem saí. Sete anos antes.

Tenho a impressão de que ela passou o encontro inteiro, do começo ao fim, perguntando se eu não estava entediado.

Nós vimos um filme estrelado pelo Elvis Presley. A música tema era assim:

We had a quarrel,
a lovers' spat,
I write I'm sorry,
but my letter keeps coming back…
She wrote upon it:
"Return to Sender, Address Unknown"

O tempo passa rápido demais.

23

A terceira menina com quem dormi chamava meu pênis de "sua *raison d'être*".

*

Algum tempo antes disso, eu tinha tentado escrever um conto sobre a *raison d'être* dos seres humanos. No fim, nunca terminei de escrevê-lo, mas o processo de pensar muito sobre a *raison d'être* das pessoas acabou fazendo com que eu adquirisse um hábito estranho. Peguei uma mania de converter todas as coisas da minha vida em números, que me dominou por cerca de oito meses. Ao entrar no trem, a primeira coisa que eu fazia era contar os passageiros. Contava todos os degraus das escadas e, sempre que podia, media meus próprios batimentos. De acordo com os registros daquela época, entre o dia 15 de agosto de 1969 e 4 de março do ano seguinte, eu assisti a 358 aulas, tive 54 relações sexuais e fumei 6.921 cigarros.

Naquela época, eu acreditava sinceramente que, convertendo tudo em números desse jeito, conseguiria comunicar alguma coisa às outras pessoas. E que ter algo para comunicar seria uma prova definitiva da minha existência. Porém, como seria de se imaginar, ninguém estava nem um pouco interessado em saber quantos cigarros eu tinha fumado, quantos degraus tinha subido ou quantos centímetros tinha meu pênis. E assim, eu perdi minha *raison d'être*, e fiquei completamente só.

*

Então eu sei que, quando me contaram que ela tinha morrido, eu estava fumando meu 6922º cigarro.

24

Naquela noite, o Rato não tomou nem uma gota de cerveja. Isso nunca era bom sinal. Em vez da cerveja, ele tomou cinco copos de Jim Beam com gelo, um atrás do outro. Estávamos matando o tempo diante da máquina de *pinball* que ficava num canto escuro no fundo do bar. É uma engenhoca que te fornece tempo morto em troca de um punhado de moedas, só isso. Mas o Rato levava muito a sério tudo o que fazia, então era quase um milagre que eu tivesse ganhado dois dos seis jogos daquela noite.

— Ei, o que você tem, cara?
— Nada — disse o Rato.

Voltamos para o balcão e tomamos cerveja e Jim Beam.
E, sem falar quase nada, ficamos escutando calados, sem prestar muita atenção, os discos que se revezavam no jukebox. "Everyday People", "Woodstock", "Spirit in the Sky", "Hey There, Lonely Girl"...
— Queria te pedir um favor — disse o Rato.
— Que favor?
— Quero que você se encontre com uma pessoa.
— ... Uma mulher?
Rato hesitou um pouco antes de concordar.
— Por que está pedindo pra mim?
— E pra quem mais eu poderia pedir? — cuspiu ele, e virou o último gole de seu sexto Jim Beam. — Você tem um terno e uma gravata?
— Tenho. Mas...

— Amanhã, às duas — disse ele. — Me conta um negócio, as mulheres comem o que pra viver, hein?
— Solas de sapato.
— Sai fora! — disse o Rato.

25

A comida predileta do Rato são panquecas fritas na hora. Ele empilha várias em um prato fundo, corta a pilha em quatro com uma faca, e derrama por cima delas uma garrafa inteira de coca-cola.

Na primeira vez que visitei a casa do Rato, ele tinha colocado uma mesa no jardim, sob o sol ameno de maio, e estava muito concentrado botando para dentro do estômago essa iguaria bizarra.

— A melhor coisa desse rango aqui — disse ele — é que ele já é uma combinação de comida e bebida.

No jardim amplo, cheio de árvores, passarinhos das mais diversas cores ciscavam pipocas espalhadas sobre o gramado.

26

Vou falar sobre a terceira menina com quem dormi.

Falar sobre pessoas que morreram é terrivelmente difícil, mas falar sobre uma mulher que morreu é ainda mais difícil. É que, por já terem morrido, elas permanecem eternamente jovens.

Enquanto isso, nós, que sobrevivemos, vamos envelhecendo a cada ano, a cada mês, a cada dia. Às vezes chego a sentir que estou envelhecendo a cada hora. E o mais assustador é que isso é verdade.

*

Ela não era bonita. Mas também acho que não seria justo falar assim, que ela "não era bonita". Creio que o mais preciso seria dizer que ela "não era tão bonita quanto seria apropriado para ela".

Tenho só uma foto dela. A data está escrita na parte de trás: agosto de 1963. O ano em que o presidente Kennedy tomou um tiro na cabeça. Parece ser uma região de veraneio, e ela está sentada, meio sem jeito, em um quebra-mar na praia. O cabelo dela está curto, tipo Jean Seberg (que, na verdade, me faz lembrar de Auschwitz), e ela está com um vestido xadrez vermelho, de mangas compridas. Ela parece um pouco desajeitada, e linda. Uma beleza que penetra até o canto mais sensível do coração de quem vê.

Os lábios se tocam de leve, o nariz é pequeno e empinado como uma antena delicada, a franja que ela mesma parece ter cortado cai displicente sobre a testa larga e, nas maçãs do rosto suavemente salientes, dá para ver as discretas marcas de espinhas.

    Ela tinha catorze anos, e esse foi o instante mais belo dos seus vinte e um anos de vida. Só posso supor que essa beleza a abandonou de repente. Não saberia dizer por quais motivos, nem com qual objetivo, uma coisa dessas acontece. Ninguém sabe.

*

Ela me falou, séria (não era piada), que tinha entrado na universidade para ter uma revelação divina. Faltava pouco para as quatro da manhã e nós estávamos pelados, na cama. Perguntei como era uma revelação divina.

    — E eu lá vou saber? — respondeu ela. Mas, depois de algum tempo, continuou. — Sei que ela cai do céu, que nem penas das asas dos anjos.

    Tentei imaginar as penas dos anjos caindo no pátio da universidade, mas vistas de longe elas pareciam lenços de papel.

*

Ninguém sabe por que ela quis morrer. Eu desconfio de que talvez nem ela mesma soubesse.

27

Tive um sonho desagradável.

Eu era um pássaro grande e negro e voava sobre a selva, rumo ao Oeste. Tinha sido gravemente ferido, e minhas penas estavam sujas com manchas escuras de sangue. Uma nuvem sombria e agourenta começava a se espalhar por todo o céu ocidental, e o ar tinha um leve cheiro de chuva.

Fazia tempo que eu não sonhava. Tanto tempo que eu demorei para me dar conta de que era um sonho.

Levantei da cama, tomei um banho para lavar todo o suor desagradável do corpo e comi uma torrada e tomei suco de maçã de café da manhã. Minha garganta parecia feita de estopa por causa do cigarro e da cerveja. Larguei a louça na pia, vesti um terno de algodão verde-escuro com uma camisa razoavelmente bem passada, escolhi uma gravata preta de tricô e, com ela nas mãos, sentei diante do ar-condicionado na sala de estar.

O âncora do noticiário anunciava na televisão, com ar triunfante, que aquele seria o dia mais quente do verão. Desliguei a televisão, entrei no quarto ao lado, o do meu irmão mais velho, escolhi alguns exemplares na sua gigantesca pilha de livros, e me estiquei com eles no sofá da sala.

Dois anos antes, meu irmão havia partido para os Estados Unidos sem dar explicações, deixando para trás um quarto cheio de livros e uma namorada. Às vezes eu e ela saímos para comer. Ela diz que nós dois somos muito parecidos.

— Parecidos? Em quê? — perguntei certa vez, surpreso.

— Em tudo! — respondeu ela.

Talvez ela esteja certa. Acho que a culpa é dos sapatos, que nós nos revezamos para engraxar durante mais de dez anos.

Quando o relógio deu meio-dia, eu coloquei a gravata e vesti o paletó, pensando com desgosto no calor que fazia lá fora.

Eu tinha tempo de sobra e nada para fazer. Rodei devagar de carro pela cidade. Ela se estende entre o mar e as montanhas, uma cidade tão estreita e comprida que chega a dar dó. O rio, as quadras de tênis, o campo de golfe, as grandes mansões lado a lado, alguns restaurantes arrumadinhos, butiques, a velha biblioteca, os campos cobertos de pequenas flores, o parque com uma jaula de macacos: a cidade era sempre igual.

Rodei por algum tempo pelas ruas tortuosas da área residencial cheia de ladeiras, depois acompanhei o rio morro abaixo, rumo ao mar, e desci do carro perto da foz para refrescar os pés na água. Na quadra de tênis duas meninas jogavam, elas estavam queimadas de sol, com bonés brancos e óculos escuros. O sol da tarde ardia violentamente, e, a cada movimento das raquetes, o suor das duas espirrava sobre o chão.

Assisti ao jogo por uns cinco minutos, depois voltei para o carro, reclinei o banco, fechei os olhos e fiquei ouvindo o som da bola contra as raquetes se misturar ao ruído das ondas do mar. O cheiro de mar e de asfalto quente, trazido por um vento sul suave, me fazia lembrar de verões distantes. O toque quente da pele de uma menina, uma velha música de rock, uma camisa recém-lavada, o cheiro de um cigarro fumado no vestiário da piscina, um leve pressentimento. Eram verões tranquilos como sonhos, e parecia que iam durar para sempre. Até que, em certo ano (quando terá sido?), eles desapareceram para sempre.

Quando parei o carro diante do J's Bar precisamente às duas horas, o Rato estava encostado na mureta, lendo *O Cristo recrucificado*, de Kazantzákis.

— E aí, cadê ela? — perguntei.
— Desencanei.
— Desencanou?
— É, desencanei.

Afrouxei a gravata com um suspiro, arremessei o paletó no banco de trás e acendi um cigarro.
— Bom, quer ir pra algum lugar, então?
— Pro zoológico.
— Legal — respondi.

28

Vou falar sobre a cidade. A cidade em que nasci, cresci, e onde dormi com uma menina pela primeira vez.

Na frente tem o mar, atrás tem as montanhas, e ao lado um enorme porto. É uma cidadezinha de nada. Quando volto do porto pela rodovia, nunca fumo no carro. Porque quando você risca o fósforo, a cidade já ficou toda para trás.

A população é de pouco mais de setenta mil pessoas. Esse número provavelmente não vai ter mudado muito daqui a cinco anos. A maioria dos habitantes vive em casas de dois andares com jardim e tem um carro. Algumas casas têm dois carros.

Não sou eu que estou inventando esses números, estão todos no relatório de fim de ano do departamento de estatísticas da prefeitura. Gosto do detalhe das casas de dois andares.

O Rato morava numa casa de três andares, que tinha até uma estufa na cobertura. Tinha também uma garagem escavada na encosta, onde ficavam lado a lado, como bons amigos, o Triumph TR3 do Rato e o Mercedes-Benz do pai dele. Curiosamente, essa era a parte da casa que mais se parecia com um lar. Nessa garagem, que abrigaria facilmente um pequeno avião, havia pilhas com todo tipo de coisa. Coisas que tinham ficado velhas ou das quais eles tinham se cansado — geladeiras, TVs, sofás, mesas e cadeiras, aparelhos de som, aparadores. Nós dois passamos muitas horas agradáveis em meio a elas, tomando cerveja.

Eu não sei quase nada sobre o pai do Rato. Nunca o encontrei. Quando perguntei como ele era, o Rato respondeu, seco: é bem mais velho do que eu, e é homem.

Segundo os boatos, o pai do Rato havia sido muito pobre. Isso antes da guerra. Pouco tempo antes de a guerra começar ele comprou, com muito esforço, uma pequena fábrica de produtos químicos, e começou a produzir um creme repelente de insetos. Era um investimento muito arriscado, mas por sorte, conforme a guerra ia avançando em direção ao Sul, o creme passou a vender como água.

Quando a guerra acabou, ele guardou os repelentes em um depósito e passou a produzir suplementos vitamínicos. Mais tarde, quando a Guerra da Coreia chegava ao fim, mudou mais uma vez e começou a fazer produtos de limpeza. Dizem os boatos que todos os três produtos tinham a mesma composição. Não duvido que seja verdade.

Há vinte e cinco anos, cadáveres de soldados japoneses cobertos de repelente se empilhavam nas selvas da Nova Guiné, e hoje você encontra, jogado num canto de qualquer banheiro, um desentupidor de ralos da mesma marca.

E assim, o pai do Rato ficou rico.

Também tenho um amigo que vem de uma família pobre, claro. O pai dele era motorista de ônibus municipal. Deve haver motoristas de ônibus ricos, mas nesse caso, o pai do meu amigo era um motorista de ônibus pobre. Seus pais quase nunca estavam em casa, então eu ia muito lá. Seu pai estava sempre ou no ônibus ou nas corridas de cavalo, e sua mãe, fazendo algum bico.

Ele era meu colega de sala no colegial, mas o que nos transformou em amigos foi um pequeno acontecimento.

Certo dia, eu estava fazendo xixi no horário de almoço quando ele chegou do meu lado e abriu o zíper. Sem dizer quase nada, nós terminamos ao mesmo tempo e lavamos a mão juntos.

— Ei, tenho um negócio da hora aqui! — disse ele, secando as mãos na calça.

— Ah, é?

— Quer ver?

Ele tirou uma foto da carteira e me entregou. Era uma mulher pelada, com as pernas bem abertas e uma garrafa de cerveja enfiada no meio das pernas.

— Foda, né?

— Realmente.

— Se você vier lá em casa, tenho umas coisas mais fodas ainda — disse ele.

E assim nós ficamos amigos.

Tem pessoas de todo tipo nessa cidade. Eu aprendi muito nela, durante dezoito anos. A cidade fincou raízes firmes no meu peito e quase todas as minhas memórias estão ligadas a ela. Porém, quando eu saí de lá na primavera em que entrei na faculdade, senti um alívio profundo.

Nas férias de verão e de primavera eu volto para a cidade, mas passo quase todo o tempo tomando cerveja.

29

O Rato ficou muito esquisito durante uma semana inteira. Talvez fosse por causa do outono que estava chegando, talvez fosse por causa da tal menina. Ele não disse nada sobre isso.

Numa hora em que ele não estava por perto, agarrei o J para tentar descobrir alguma coisa.

— Cara, o que você acha que deu no Rato?

— Pois é, eu também não estou entendendo... Será que é porque o verão vai acabar?

O Rato sempre ia ficando desanimado conforme o outono se aproximava. Sentava no balcão olhando desinteressado para um livro qualquer e respondia no automático a qualquer coisa que eu dissesse. Na época em que começava a soprar uma brisa mais fresca ao entardecer e o cheiro do outono pairava bem de leve no ar, ele parava completamente com a cerveja e passava a beber bourbon com gelo como um louco, jogando todo o seu dinheiro no jukebox e chutando a máquina de *pinball* até a luz de *tilt* acender, para desespero do J.

— Talvez ele sinta que vai ser deixado pra trás. Eu entendo esse sentimento — disse o J.

— É?

— Todo mundo acaba indo embora pra outro lugar. Voltam pra escola, pro trabalho... Você também, não é?

— É verdade.

— Tente entender o lado dele.

Eu concordei.

— E a tal menina?

— Logo mais ele esquece essa história, com certeza.

— Aconteceu alguma coisa?

— Não sei...

J desconversou e voltou a trabalhar, e eu não perguntei mais nada. Coloquei uma moeda no jukebox, escolhi algumas músicas, voltei para o balcão e continuei tomando minha cerveja.

Depois de uns dez minutos, o J apareceu de novo na minha frente.

— O Rato não te contou nada, é?
— Não.
— Que estranho.
— Você acha?

J continuou lustrando o copo que tinha nas mãos, pensativo.

— Tenho certeza que ele queria falar com você sobre isso...
— Mas então por que não fala?
— Porque é difícil! Deve achar que você vai curtir com a cara dele.
— Eu nunca faria isso!
— É que você passa essa impressão. Eu sempre senti isso. Você é um cara gentil, mas tem alguma coisa assim... um ar meio superior, de sabido. Não estou falando como crítica.
— Eu sei.
— Mas é que eu sou vinte anos mais velho que você e já passei por muita coisa. Então, isso é só, assim...
— A sabedoria dos anciãos.
— Isso.

Eu ri e tomei um gole de cerveja.

— Vou tentar falar com o Rato.
— Acho que é uma boa.

J apagou o cigarro e voltou ao trabalho. Fui até o banheiro e, enquanto lavava as mãos, olhei meu rosto no espelho. Fiquei tão desanimado que tomei mais uma garrafa de cerveja.

30

Teve uma época em que todo mundo queria ser *cool*.

No final do colegial, eu decidi que ia falar só metade das coisas que pensasse. Não lembro o que me levou a tomar essa decisão, mas coloquei isso em prática durante vários anos. Até que, certo dia, descobri que havia me tornado uma pessoa que só consegue dizer metade do que pensa.

Eu não sei o que isso tem a ver com ser *cool*. Mas se dá para dizer que uma geladeira velha que você precisa degelar o ano todo é *cool*, então eu também sou.

E, assim, para continuar escrevendo este texto tenho que sacudir sem parar, com cerveja e cigarros, a minha consciência, pois ela quer voltar a dormir em meio ao tempo estagnado. Tomo chuveiradas quentes, faço a barba duas vezes por dia, ouço meus velhos discos de novo e de novo. Neste momento cantam, atrás de mim, os obsoletos Peter, Paul & Mary.

Don't think twice, it's all right.

31

No dia seguinte, convidei o Rato para ir à piscina de um hotel que ficava na encosta da montanha, na parte grã-fina da cidade. Além de o verão já estar chegando ao fim, o acesso ali era difícil, então não havia mais de dez pessoas usando a piscina. Metade delas eram hóspedes americanos, mais interessados em tomar banho de sol do que em nadar.

O hotel, instalado em uma antiga casa de campo de uma família abastada, tinha um belo jardim coberto de grama. Se você subisse na pequena colina que acompanhava a cerca viva de rosas entre a casa principal e a piscina, podia ver claramente o mar, o porto e a cidade lá embaixo.

Eu e o Rato nadamos algumas voltas na piscina semiolímpica, competindo para ver quem era mais rápido, e depois nos deitamos nas espreguiçadeiras do deque, tomando coca-cola. Enquanto eu recuperava o fôlego e fumava um cigarro, o Rato ficou assistindo, distraído, a uma pequena menina americana que brincava sozinha na água.

Vários jatinhos atravessavam o céu completamente limpo, deixando rastros congelados atrás de si.

— Tenho a impressão de que quando eu era criança tinha muito mais aviões no céu. — disse o Rato, olhando para cima. — A maioria eram aviões do Exército americano... Lembra?

— O p-38?

— Não, os aviões de transporte. Bem maiores que o p-38. Às vezes eles voavam tão baixo que dava pra ver o símbolo da Força Aérea... Também lembro dos dc-6 e dc-7... e uma vez vi um f-86 Sabre.

— Esse é velho, hein.

— É, da época do Eisenhower. Quando chegava um cruzador no porto, a cidade ficava cheia de marinheiros e policiais militares, lembra? Você já viu um PM?

— Já.

— As coisas vão desaparecendo, né. Não que eu goste de soldados, mas mesmo assim...

Concordei com a cabeça.

— O Sabre era um avião espetacular. Se pelo menos ele não jogasse napalm... Já viu o que acontece quando jogam napalm?

— Só nos filmes de guerra.

— O ser humano é capaz de inventar todo tipo de coisa, mesmo. Napalm é um negócio muito bem-feito, sabe? Daqui a dez anos, não duvido que a gente ache até o napalm nostálgico.

Eu ri e acendi o segundo cigarro.

— Você gosta de aviões?

— Quando era mais novo, queria até ser piloto. Mas desisti porque meus olhos são ruins.

— Ah, é?

— Eu gosto do céu. A gente pode ficar muito tempo olhando pra ele e nunca se cansa. E quando não quiser, é só não olhar.

O Rato passou cinco minutos calado, mas de repente abriu a boca de novo.

— Tem um negócio que, às vezes, eu não aguento. Isso de ser rico. Me dá vontade de fugir. Sabe como é?

— Como é que eu ia saber?! — respondi, pasmo. — Mas se for assim, foge. Se você quiser mesmo.

— ... Talvez fosse o melhor a fazer. Ir pra alguma cidade desconhecida e recomeçar tudo do zero. Não é má ideia.

— Não vai voltar pra faculdade?

— Larguei o curso. Mesmo se eu quisesse, não dá mais pra voltar.

Por trás dos óculos escuros, os olhos do Rato ainda acompanhavam a menina que nadava.

— Largou por quê?

— Não sei, acho que me encheu o saco. Mas sabe, do meu jeito, até que eu me esforcei bastante. Eu mesmo fico surpreso com o quanto tentei. Pensei nos outros tanto quanto penso em mim mesmo, apanhei até da polícia por isso. Só que, quando chega a hora, todo mundo vai embora. Volta cada um pro seu canto. Só eu não tinha para onde voltar. Parecia uma dança das cadeiras.

— O que você vai fazer agora?

O Rato pensou um pouco, secando as pernas com a toalha.

— Estou pensando em escrever um romance. O que você acha?

— Acho que pode escrever, claro — ele assentiu. — Que tipo de romance?

— Um bom romance. Bom pra mim, quer dizer. Assim, não que eu ache que tenho muito talento, sabe. Mas acho que, se for pra escrever, melhor que seja, no mínimo, alguma coisa edificante pra você mesmo. Senão não faz sentido. Não é?

— É verdade.

— Quero escrever pra mim mesmo, ou então escrever para as cigarras...

— Cigarras?

— É.

O Rato passou algum tempo mexendo com o pingente, feito com uma moeda com a cara do Kennedy, que caía sobre seu peito nu.

— Uma vez, há uns anos, fui pra Nara com uma menina. Era uma tarde de verão muito quente, e a gente passou umas três horas andando pelas montanhas. Não cruzamos com ninguém, só com uns pássaros selvagens que davam gritos agudos e saíam voando, e umas cigarras caídas nas trilhas dos arrozais, agitando as patas pro ar, esse tipo de coisa. É que tava um calor dos infernos, né. Depois de andar por algum tempo, sentamos numa encosta coberta de relva, pra secar o suor e aproveitar um ventinho bom que batia ali. Na base dessa encosta tinha um fosso bem fundo, e do lado oposto a ele, um antigo túmulo, parecendo uma ilhazinha coberta de árvores. Daqueles túmulos dos imperadores de antigamente, sabe? Já viu algum? — Eu fiz que sim. — Aí, nessa hora, eu pensei: por que será que eles construíram um troço gigante desses? Qualquer túmulo tem certa razão de ser, é claro. Eles mostram pra gente que, cedo ou tarde, todo mundo morre. Mas aquilo lá é grande demais. Às vezes se uma coisa é grandiosa demais isso acaba transformando totalmente a essência dela. Aquele negócio não parecia nem um pouco com um túmulo. Era uma montanha. O fosso tava cheio de sapos e algas, a cerca, coberta de teias de aranhas. Eu fiquei lá olhando pra aquele túmulo gigante e escutando o barulho do vento em cima da água... Não consigo colocar em palavras o que eu senti naquela hora. Quer dizer, nem chegava a ser um sentimento. Era só uma sensação, assim, que me envolveu completamente. Uma sensação de que as cigarras, os sapos, as aranhas, o vento, tudo era uma única entidade, flutuando pelo universo.

Dizendo isso, o Rato tomou o último gole de coca, já sem gás.

— Quando eu escrevo, me lembro daquela tarde de verão, do túmulo coberto pela floresta. E penso como seria maravilhoso conseguir escrever pra cigarras e sapos e aranhas, pro mato que cresce no verão, pro vento...

Ao terminar sua história, o Rato cruzou as mãos atrás da cabeça e olhou para o céu em silêncio.

— E você tentou escrever alguma coisa?
— Não, nem uma linha. Não consigo escrever nada.
— É?
— "Vós sois o sal da terra."
— ?
— "E se o sal for insípido, com que se há de salgar?" — disse o Rato.

No fim da tarde, quando o sol começou a baixar, entramos no pequeno bar do hotel, onde tocavam músicas tradicionais italianas em versões de Mantovani, e pedimos uma cerveja gelada. Pelas janelas largas dava para ver claramente as luzes do porto.

— E aquela menina, o que aconteceu? — tomei coragem e perguntei.

O Rato limpou a espuma da boca com o dorso da mão e olhou para o teto, pensativo.

— Pra falar a verdade, eu não ia dizer nada sobre isso pra você. É uma história muito idiota.

— Mas teve uma hora em que você quis conversar, não teve?

— Ahá. Mas aí passei uma noite inteira pensando e desisti. Tem coisas na vida sobre as quais não adianta a gente fazer nada.

— Tipo o quê?

— Tipo as cáries. Um dia, do nada, seu dente começa a doer. Não adianta nada alguém te consolar, não diminui a dor. E aí eu vou ficando puto comigo mesmo. E depois vou ficando furioso com as outras pessoas, por elas não estarem putas consigo mesmas. Entende?

— Um pouco — eu disse. — Mas, olha, pensa bem. As condições são as mesmas pra todo mundo. É como se todo mundo estivesse dentro do mesmo avião com defeito. Claro que tem gente com mais sorte e gente mais azarada. Tem gente durona e gente fraca, tem ricos e pobres. Só que ninguém tem nenhuma força sobre-humana. É todo mundo igual. Quem tem alguma coisa está sempre com medo de perder essa coisa, e quem não tem nada está sempre aflito, se perguntando se vai continuar eternamente sem nada. É todo mundo igual. Então, quem entende isso antes dos outros deve se esforçar pra ser pelo menos um pouco mais forte. Nem que seja só fingimento. Você não acha? No mundo não tem gente forte de verdade. O que tem é gente que sabe fingir que é forte.

— Posso fazer uma pergunta?

Eu assenti com a cabeça.

— Você acredita mesmo nisso?

— Ahá.

O Rato ficou calado por um tempo, olhando para o copo.

— Você me faz um favor e diz que isso é mentira? — pediu ele, sério.

Levei o Rato de carro até a casa dele e depois passei no J's Bar.

— Conseguiu conversar?

— Consegui.

— Ah, que bom — disse o J, e colocou uma porção de batatas na minha frente.

32

Apesar de ter escrito uma quantidade gigantesca de obras, Derek Hartfield quase nunca falava diretamente sobre vida, sonhos, amor ou coisas assim. Na obra semiautobiográfica *Uma volta e meia ao redor do arco-íris* (1937), um de seus textos mais sérios (sério no sentido de não ter extraterrestres nem monstros), ele expõe, em meio a ironia, sarcasmo, piadas e contradições, um pouco do que realmente pensa:

> Juro, sobre o livro mais sagrado desta sala, a lista telefônica, dizer apenas a verdade: a vida é vazia. Porém, é claro que há salvação. No começo, ela não era totalmente vazia. Fomos nós que, acumulando esforços incalculáveis, com muito sofrimento e dedicação, fomos desgastando-a pouco a pouco, até que não restasse nada. Não vou descrever, aqui, como foi esse desgaste, nem vou entrar em detalhes sobre o sofrimento. A quem quiser saber mais sobre isso, peço que leia *Jean-Christophe*, de Romain Rolland. Está tudo ali.

Hartfield gostava muito de *Jean-Christophe* por dois motivos. Primeiro, porque o livro retrata em detalhes, e em ordem cronológica, a vida de uma única pessoa, do nascimento à morte. E, segundo, porque é um romance extraordinariamente longo. Hartfield era um grande defensor da teoria de que os romances devem ser entendidos como informação, quantificáveis por meio de gráficos e linhas do tempo, e ele acreditava que a precisão de um romance era proporcional ao seu volume.

Ele sempre foi muito crítico de *Guerra e paz*, do Tolstói. Não que ele tivesse qualquer problema em relação ao tamanho, naturalmente. Mas faltava ao romance, dizia ele, "ideias cósmicas", o que produzia uma sensação de incoerência. Por "ideias cósmicas" ele quase sempre queria dizer "esterilidade".

O seu romance predileto era *O cão de Flanders*. "Você acredita", ele costumava perguntar, "que um cachorro realmente morreria por uma pintura?"

— Seu personagem, Waldo — perguntou certo jornalista, em uma entrevista com Hartfield —, morre duas vezes em Marte e uma vez em Vênus. Isso não é contraditório?

A resposta de Hartfield foi a seguinte:

— Você sabe como passa o tempo no espaço sideral?

— Não — respondeu o jornalista. — Mas ninguém sabe isso.

— E qual seria o sentido de escrever romances sobre coisas que todo mundo já sabe?

*

Dentre os contos de Hartfield há um, "Os poços de Marte", que parece prenunciar o surgimento de Ray Bradbury, e é um texto extraordinário até mesmo considerado em meio à sua obra. Li há muito tempo e já não me lembro bem dos detalhes, mas registro aqui o enredo em linhas gerais:

É a história de um jovem que se esconde em incontáveis poços sem fundo escavados na superfície de Marte. Os poços devem ter sido escavados por marcianos dezenas de milhares de anos antes, e absolutamente todos, sem exceção, foram escavados precisamente onde não havia nenhum veio de água. Ninguém sabia com que objetivo haviam sido construídos. Na verdade, os marcianos não haviam deixado nenhum outro vestígio. Não havia escrita, nem casas, nem vasilhames, nem ferro, nem túmulos ou foguetes, ruas, máquinas de venda automática, nem mesmo conchas. Só os poços. Os estudiosos terrestres participavam de grandes debates tentando determinar se isso configurava ou não uma forma de civilização, mas os poços eram realmente muito bem-feitos e, mesmo após tantos milhares de anos, nem um único tijolo havia se partido.

Naturalmente, aventureiros e expedições de pesquisa tentaram explorar os poços. Os que levaram cordas foram obrigados a voltar, pois os poços eram profundos demais, os túneis laterais, compridos demais. Dentre os que não levaram cordas, nem uma única pessoa retornou.

Certo dia, um jovem que perambulava pelo espaço sideral resolve se esconder nos poços. Cansado da vastidão do universo, ele deseja uma morte anônima. Pouco a pouco, conforme o jovem desce, o poço vai ficando cada vez mais agradável, e seu corpo vai sendo envolvido, delicadamente, por uma força estranha. Depois de descer por cerca de um quilômetro, ele encontra um túnel lateral que parece interessante e segue andando sem parar, a esmo, por seus caminhos tortuosos. Não saberia dizer por quanto tempo estava caminhando, pois seu relógio havia parado. Talvez fossem duas horas, talvez dois dias. Ele não sentia fome nem cansaço, apenas a mesma força misteriosa de antes, que continuava a envolver seu corpo.

E então, de repente, o jovem sente a luz do sol. O túnel chegou em outro poço. Ele escala esse poço e retorna para a superfície. Senta-se na beirada, olha para a planície seca e deserta, e então olha para o sol. Tem alguma coisa estranha. O perfume do vento, o sol... O sol, apesar de estar alto no céu, era uma enorme bola cor de laranja, como o poente.

— Daqui a duzentos e cinquenta mil anos, o sol vai explodir. Apenas um clique... OFF! Só duzentos e cinquenta mil anos. Não é muito tempo — sussurra o vento no seu ouvido.
— Não ligue pra mim. Sou só o vento. Se quiser me chamar de marciano, pode ser, também. De qualquer jeito, as palavras não significam nada pra mim.

— Mas você está falando.

— Eu? Quem está falando é você. Eu só estou dando as dicas para sua mente.

— E o que houve com o sol?

— Ficou velho. Está morrendo. Não tem nada que eu ou você possamos fazer.

— Mas por quê? Assim, de repente?

— Não foi de repente. Enquanto você caminhava pelos túneis, passou-se um bilhão e meio de anos. Como vocês dizem na Terra: o tempo voa. Os túneis por onde você passou foram escavados ao longo das dobras do tempo. Ou seja, nós estamos vagando através do tempo. Desde o surgimento do universo até o seu fim. Por isso não há nascimento nem morte para nós. Somos vento.

— Posso perguntar uma coisa?

— Por favor.

— O que foi que você aprendeu?

O vento ri, agitando de leve a atmosfera. E então, o silêncio infinito volta a cobrir toda a superfície de Marte. O jovem tira do bolso um revólver, encosta o cano na têmpora, e puxa de leve o gatilho.

33

O telefone tocou.
— Voltei — disse ela.
— Queria te ver.
— Pode ser agora?
— Claro.
— Me encontra às cinco horas, na frente da ACM.
— O que você tá fazendo na ACM?
— Conversação em francês.
— Conversação em francês?
— *Oui*.
Desliguei o telefone, tomei um banho e uma cerveja. Quando estava terminando, caiu uma chuva de verão densa como uma cachoeira.

A chuva já tinha parado completamente quando cheguei à associação, mas as meninas que saíam pelo portão olhavam para o céu desconfiadas, abrindo e fechando seus guarda-chuvas. Parei o carro do outro lado da rua, desliguei o motor e acendi um cigarro. As colunas negras do portão, molhadas pela chuva, lembravam lápides erguidas no meio de um deserto. Ao lado do prédio encardido e melancólico da ACM havia um prédio novo de escritórios para alugar, mas de aparência barata, e na sua cobertura um enorme outdoor anunciando geladeiras. Uma mulher de cerca de trinta anos, de avental e uma aparência profundamente anêmica, se inclinava para abrir uma geladeira com grande entusiasmo, deixando entrever seu conteúdo.

No freezer havia gelo, um pote de um litro de sorvete de creme e um pacote de camarões congelados; na segunda prateleira, uma caixa de ovos, manteiga, um queijo camembert e um presunto de pernil; na terceira, peixe e coxas de frango; na gaveta de plástico inferior havia tomates, pepinos, aspargos, alface e toranjas; e na porta, três garrafas grandes de cerveja e três de coca-cola, além de uma caixa de leite.

Enquanto esperava por ela, fiquei apoiado no volante pensando sobre a ordem em que comeria tudo o que estava na geladeira, mas não importa o quanto eu pensasse: um litro era sorvete demais, e a ausência de molho para salada era um erro fatal.

Ela passou pelo portão um pouco depois das cinco horas. Usava uma camisa polo cor-de-rosa da Lacoste e uma minissaia de algodão branco, com os cabelos presos e óculos. Em apenas uma semana ela tinha envelhecido uns três anos. Talvez fossem o penteado e os óculos.

— Que temporal! — disse ela, sentando no banco do passageiro, e ajeitando nervosa a barra da saia.

— Se molhou?

— Um pouco.

Peguei uma toalha de praia que estava largada no banco de trás desde quando eu tinha ido à piscina e entreguei para ela. Ela secou o suor do rosto, passou a toalha algumas vezes pelos cabelos e me devolveu.

— Eu estava tomando um café aqui perto quando começou a chover. Foi um dilúvio, né?

— Pelo menos o tempo refrescou um pouco, com a chuva.

— É mesmo.

Ela concordou e estendeu o braço para fora da janela, para checar a temperatura. Havia alguma coisa desajeitada no ar entre nós dois, diferente da última vez.

— Foi boa a viagem?

— Não fui pra lugar nenhum. Menti pra você.

— Por que fez isso?

— Depois eu te conto.

34

Às vezes eu minto.

A última vez que menti foi no ano passado.

Mentir é um negócio tremendamente desagradável. Pode-se dizer que as mentiras e o silêncio são dois pecados que se alastram pela sociedade atual. Sem dúvida, nós mentimos muito e nos calamos com frequência.

Porém, se falássemos sem parar e disséssemos apenas a verdade, talvez ela acabasse perdendo seu valor.

*

No outono do ano passado, eu e minha namorada estávamos pelados na cama. Mortos de fome.

— Será que não tem nada de comer aí? — perguntei para ela.

— Vou dar uma olhada.

Ela levantou, ainda nua, abriu a geladeira, achou um pão velho, fez dois sanduíches rápidos com alface e salsichas, e trouxe de volta para a cama, junto com um café instantâneo. Era uma noite um pouco fria demais para outubro, e quando ela voltou para a cama seu corpo estava gelado como salmão enlatado.

— Não tinha mostarda.

— Tá ótimo assim.

Comemos os sanduíches, enrolados no edredom, e assistimos a um filme velho na televisão. Era *A ponte do rio Kwai*.

Na última cena, quando explodem a ponte, ela soltou um grunhido.

— Pra que se matar desse jeito por causa de uma ponte? — perguntou ela, apontando para o Alec Guinness, que estava parado em pé, em choque.

— Pra preservar seu orgulho.

— Hum...

Com a boca cheia de pão, ela refletiu algum tempo sobre o orgulho humano. Como de costume, eu não fazia a menor ideia do que se passava dentro da sua cabeça.

— Você me ama?

— Claro.

— Quer casar comigo?

— Agora?

— Algum dia, mais pra frente.

— Claro que quero.

— Mas você nunca falou nada sobre isso, até eu perguntar.

— Esqueci.

— ... Quantos filhos você quer ter?

— Três.

— Meninos ou meninas?

— Duas meninas e um menino.

Ela engoliu o resto de pão que tinha na boca, com ajuda do café, e me encarou fixamente.

— MENTIROSO! — disse ela.

Mas ela estava enganada. Eu tinha dito uma única mentira.

35

Entramos em um pequeno restaurante perto do porto, comemos uma refeição simples e depois pedimos um bloody mary e um bourbon.

— Quer saber a verdade? — Ela perguntou.
— Sabe, ano passado eu dissequei uma vaca.
— Ah, é?
— Abrimos a barriga dela, e no estômago tinha só um punhado de capim. Eu coloquei esse capim num saco plástico, levei pra casa e botei em cima da escrivaninha. Agora, quando me acontece alguma coisa ruim, eu olho pra esse torrão de capim e penso: por que as vacas ficam ruminando e ruminando, tão dedicadas, um negócio insosso e deprimente que nem esse?

Ela riu um pouco, apertou os lábios e me olhou por um tempo.

— O.k., entendi. Não vou falar nada.

Eu assenti.

— Tem uma coisa que eu queria te perguntar, posso?
— Por favor.
— Por que as pessoas morrem?
— Porque estamos evoluindo. O indivíduo não consegue conter toda a energia necessária para a evolução, então a gente precisa da alternância de gerações. Quer dizer, essa é uma das teorias...
— A gente ainda está evoluindo, nesse momento?
— Estamos, aos poucos.
— E por que a gente evolui?
— Sobre isso, também existem várias opiniões diferentes. A única certeza que a gente tem é que o próprio universo está

em evolução. Independentemente de haver ou não algum tipo de intenção ou objetivo nisso, o fato é que o universo está evoluindo, e no fim das contas nós somos só um pedaço dele. — Apoiei o copo de bourbon e acendi um cigarro. — Ninguém sabe de onde é que vem essa energia.
— Ah, é?
— É.
Ela ficou encarando a toalha branca sobre a mesa enquanto mexia o gelo do seu copo com o dedo.
— Sabe, se eu morrer e passar um século, ninguém mais vai se lembrar que eu existi.
— Acho que não. — Respondi.

Saímos do restaurante e caminhamos devagar por entre os armazéns silenciosos, na luz surpreendentemente clara do crepúsculo. Andando ao seu lado, eu podia sentir o perfume suave de shampoo vindo de seu cabelo. O vento que agitava os galhos dos salgueiros anunciava, ainda que bem de leve, o final do verão. Depois de caminhar por algum tempo, ela pegou minha mão, com a mão que tinha os cinco dedos.
— Quando você volta pra Tóquio?
— Na semana que vem. Tenho prova.
Ela ficou calada.
— No inverno eu venho de novo. Antes do Natal, porque dia 24 de dezembro é meu aniversário.
Ela assentiu com a cabeça, mas parecia estar pensando em alguma outra coisa.
— Capricórnio, né?
— Ahá. E você?
— Também. 10 de janeiro.
— Não é o melhor signo pra se ter, né? O mesmo que Jesus.
— Pois é. — disse ela, e ajeitou sua mão na minha. — Acho que vou sentir sua falta quando você for embora.
— A gente vai se ver de novo, com certeza.
Ela não disse nada.

Os armazéns eram todos velhos, o musgo verde-escuro e escorregadio agarrado firmemente aos vãos entre os tijolos. Grossas grades de ferro protegiam as janelas escuras no alto das paredes, e das portas pesadas e enferrujadas pendiam placas com os nomes de cada exportadora. Quando o cheiro do mar começava a ficar mais forte, a rua de armazéns já tinha terminado, e a fileira de salgueiros também começou a rarear, como dentes arrancados. Nós seguimos adiante, cruzando os trilhos cheios de mato da linha de trem que chegava ao porto, e sentamos nos degraus de pedra de um armazém sobre o quebra-mar deserto, olhando para o oceano.

À nossa frente piscavam as luzes das docas dos estaleiros, e ao lado delas um cargueiro grego já descarregado, a julgar pela linha de flutuação, boiava com ar de abandono. A brisa marítima cobrira de ferrugem a pintura branca do deque do navio, e conchas se agarravam às laterais do casco como cascas de ferida em um doente.

Passamos muito tempo sem dizer nada, apenas olhando o mar, o céu e os navios. Enquanto o vento do final de tarde atravessava o mar e vinha agitar a grama, o crepúsculo ia se transformando lentamente numa noite pálida, e algumas estrelas começaram a piscar sobre as docas.

Depois de um longo silêncio, ela fechou a mão esquerda e esmurrou várias vezes, nervosa, a palma da direita. Depois de bater até ficar vermelho, ela pareceu relaxar e ficou olhando para a própria palma.

— Odeio todo mundo — murmurou.

— Até eu?

— Desculpa. — Enrubescendo, ela soltou as mãos sobre o colo e se recompôs. — Eu não te odeio.

— Pelo menos não muito, né?

Ela concordou, quase sorrindo, e acendeu um cigarro com os dedos trêmulos. A fumaça, levada pela brisa do mar, roçava no seu cabelo e desaparecia na escuridão.

— Quando eu fico parada, sozinha, ouço várias pessoas falando comigo... Pessoas que eu conheço e que não conheço, meu pai, minha mãe, professores da escola, um monte de gente.

Eu fiz que sim com a cabeça.

— Ficam falando só coisas horríveis. Que eu devia morrer, e umas obscenidades...

— Tipo o quê?

— Não quero falar.

Ela apagou com a sandália de couro o cigarro que só tinha tragado umas duas vezes, e pressionou de leve os dedos contra os olhos.

— Você acha que é uma doença?

— Não sei... — Sacudi a cabeça, sem resposta. — Se estiver preocupada, é melhor ir ver um médico.

— Tudo bem. Deixa pra lá.

Ela acendeu um segundo cigarro e tentou sorrir, sem sucesso.

— Você é a primeira pessoa pra quem eu conto isso.

Peguei a mão dela. Ainda tremia de leve, e os vãos dos dedos estavam úmidos com um suor gelado.

— Eu juro que não queria mentir pra você.

— Eu sei.

Nos calamos novamente e ficamos em silêncio por muito tempo, escutando o som das ondas que batiam contra o quebra-mar. Um tempo tão longo que nem consigo me lembrar.

Quando me dei conta, ela estava chorando. Toquei seu rosto molhado de lágrimas e passei meu braço por trás de seus ombros.

Fazia muito tempo que eu não sentia aquele perfume de verão. O cheiro de mar, um alerta de nevoeiro ao longe, o toque da pele de uma menina, o cheiro cítrico do seu shampoo, o vento de fim de tarde, uma esperança tênue, um sonho de verão...

Mas tudo isso estava diferente de antes, como se tivesse sido traçado em um papel vegetal um pouco fora do lugar. E não havia mais como corrigir.

36

Levamos meia hora até seu apartamento, a pé.

A noite estava agradável e, depois de chorar, ela tinha ficado surpreendentemente bem-humorada. No caminho de volta, paramos em várias lojas e compramos um monte de pequenas coisas inúteis. Uma pasta de dentes sabor morango, uma toalha de praia de estampa chamativa, vários quebra-cabeças da Dinamarca e canetas esferográficas de seis cores. Subimos a ladeira carregando tudo isso e nos voltando de vez em quando para olhar o porto.

— Ei, seu carro ficou lá, não foi?
— Depois eu pego.
— Tudo bem se ele ficar até amanhã de manhã?
— Não tem problema.

Caminhamos pelo resto da ladeira.

— Não queria ficar sozinha essa noite — disse ela, olhando para o asfalto.

Eu assenti.

— Mas você não vai poder engraxar os sapatos, né?
— Ele pode engraxar sozinho, pra variar.
— Será que ele vai fazer isso?
— Vai, é uma pessoa muito correta.

A noite estava calma.

Ela se virou devagar na cama e encostou o nariz no meu ombro direito.

— Que frio.
— Frio? Tá fazendo uns trinta graus!
— Não importa, estou com frio.

Puxei a colcha que estava jogada no pé da cama até seus ombros e a abracei. Seu corpo inteiro estava tremendo.
— Está se sentindo mal?
Ela sacudiu de leve a cabeça.
— Estou com medo.
— De quê?
— De tudo! Você não tem medo?
— Não tenho, não.
Ela ficou quieta. Um silêncio como se estivesse checando, na palma da mão, a existência da minha resposta.
— Quer transar comigo?
— Quero.
— Desculpa. Hoje não dá.
Concordei em silêncio, ainda abraçado a ela.
— Acabei de fazer uma cirurgia.
— Um aborto?
— É.
Ela se afastou um pouco e desenhou círculos com o mindinho, atrás do meu ombro.
— É muito estranho. Não lembro de nada.
— Ah, é?
— Do cara, eu quero dizer. Esqueci completamente. Não lembro nem da cara dele.
Passei a mão pelos seus cabelos.
— Achei que ia me apaixonar por ele. Foi só por um segundo, mas achei. Você já se apaixonou por alguém?
— Ahã.
— Lembra do rosto dela?
Tentei lembrar do rosto das três meninas, mas, estranhamente, não consegui lembrar direito de nenhuma delas.
— Não — respondi.
— É estranho, não é? Por que será?
— Talvez seja mais fácil assim.
Ela concordou várias vezes em silêncio, com o rosto encostado em meu peito nu.
— Olha, se você quiser muito, eu posso fazer alguma outra...

— Não, não se preocupa.
— Mesmo?
— Ahã.

Ela voltou a colar o corpo no meu. Eu sentia seu seio pressionado contra meu plexo solar. Queria desesperadamente uma cerveja.

— Já faz muitos anos que as coisas só dão errado.
— Quantos anos?
— Uns doze, treze... Desde o ano em que meu pai ficou doente. Eu não me lembro de nada antes disso. Só das coisas ruins. Tem sempre um vento ruim soprando em cima da minha cabeça.
— Mas a direção do vento muda.
— Você acha, mesmo?
— Alguma hora, ela muda.

Ela se calou por algum tempo. Minhas palavras desapareceram num instante, tragadas pelo silêncio seco como um deserto, e sobrou na minha boca só um gosto amargo.

— Tentei muitas vezes pensar assim. Mas sempre dá errado. Tentei gostar de alguém, tentei ser mais paciente. Mas...

Continuamos abraçados sem dizer mais nada. Com a cabeça sobre o meu peito e os lábios encostados em meu mamilo, ela passou um longo tempo imóvel, como se estivesse dormindo.

Ela permaneceu calada por muito tempo, muito mesmo. Fiquei olhando para o teto, meio cochilando.

— Mamãe...

Ela sussurrou baixinho, num sonho. Tinha adormecido.

37

Opa, pessoal, como vão vocês? Estamos começando mais um *Pop Telephone Requests* na Rádio N.E.B. Já é noite de sábado outra vez! Por duas horas, você vai ouvir só as melhores músicas. Aliás, o verão já está chegando ao fim, não é? E aí, foi um bom verão pra vocês?

Hoje, antes de colocar uma música, quero ler uma carta que recebi de um dos meus ouvintes. Ela diz assim:

Como vai?
Gosto muito de escutar o seu programa, toda semana. Neste outono já vai fazer três anos que estou internada. O tempo passa realmente muito rápido. É claro que para mim, que só vejo um pedaço da paisagem pela janela do meu quarto com ar-condicionado, a mudança das estações não significa muita coisa. Mas, mesmo assim, fico animada quando uma estação se vai e chega outra nova.

Tenho dezessete anos, e passei três deles sem poder ler um livro, nem assistir televisão, nem sair para passear... Sem nem sequer conseguir me erguer na cama ou mudar de lado. Quem está escrevendo esta carta para mim é minha irmã mais velha, que sempre esteve ao meu lado. Ela largou a faculdade para cuidar de mim. Sou muito grata a ela, é claro. O que eu aprendi durante esses três anos presa a uma cama foi que, mesmo com as coisas mais insignificantes, sempre é possível aprender algo e que, por isso mesmo, é possível continuar vivendo.

Dizem que o que eu tenho é uma doença dos nervos da coluna. É uma doença muito grave, mas há uma possibilidade de cura. Só que essa chance é de três por cento... Essa é a porcentagem de pessoas que tinham a mesma doença que eu e se recuperaram, segundo meu médico (que é muito legal). Ele disse que minhas chances são maiores do que as de um arremessador novato completar um jogo sem rebater nenhuma bola contra os Tokyo Giants, mas um pouco menores do que as chances dos dois times não marcarem nenhum ponto.

Às vezes eu penso no pior que pode acontecer, e tenho muito medo. Tanto medo que tenho vontade de gritar. Quando penso que posso passar a vida inteira deitada assim na cama, olhando para o teto que nem uma pedra, sem ler um livro, sem poder andar ao vento, sem ser amada por ninguém, envelhecendo por décadas e décadas até morrer discretamente, me dá uma tristeza insuportável. Às vezes, quando acordo lá pelas três da manhã, parece que consigo escutar o som da minha coluna se dissolvendo. Talvez eu consiga, mesmo.

Bom, vou parar de falar dessas coisas desagradáveis. E, como minha irmã me faz repetir centenas de vezes todos os dias, vou me esforçar para pensar só em coisas boas. E tentar dormir direitinho à noite, porque é durante a noite que eu penso a maioria das coisas ruins.

Da janela do hospital dá pra ver o porto. Fico imaginando como seria se eu pudesse levantar da cama toda manhã, caminhar até o porto e respirar bem fundo o cheiro do mar... Se eu conseguisse fazer isso nem que fosse uma única vez, talvez compreendesse porque é que o mundo é desse jeito. Tenho essa impressão. E se eu conseguisse compreender isso, pelo menos um pouco, talvez suportasse passar o resto da minha vida deitada numa cama.

Adeus.
Cuide-se.

Não está assinada.

Recebi esta carta ontem, um pouco depois das três da tarde. Li tomando um café na copa da emissora e, no fim da tarde, quando terminei o trabalho, fui até o porto e olhei para as montanhas. Se dá pra ver o porto do seu quarto de hospital, então do porto dá pra ver o quarto. Vi muitas luzes nas montanhas, muitas mesmo. Não tinha como saber qual dessas luzes era seu quarto, é claro. Há luzes de casebres e de mansões. Algumas eram de hotéis, outras de escolas e escritórios. Pensei comigo mesmo que tem muita gente no mundo, cada um vivendo a sua vida. Foi a primeira vez que senti isso. Quando pensei assim, meus olhos se encheram de lágrimas de repente. Fazia muito tempo que eu não chorava. Mas, escuta, não foi por pena de você que eu chorei, viu? O que eu quero dizer é o seguinte. Eu vou dizer uma vez só, então prestem bastante atenção.

Eu. Amo. Vocês.

Se daqui a dez anos vocês ainda se lembrarem deste programa, das músicas que eu toquei, e de mim, lembrem-se também do que eu falei agora.

Vou tocar a música que ela pediu. "Good Luck Charm", do Elvis. Depois que essa música acabar, serei o mesmo cachorro comediante de sempre, durante a hora e os cinquenta minutos que nos restam.

Obrigado pela audiência.

38

No dia em que ia voltar para Tóquio, passei pelo J's Bar já carregando a mala. O bar ainda estava fechado, mas o J me deixou entrar e serviu uma cerveja.

— Vou pegar o ônibus de volta hoje à noite.

J concordou com a cabeça várias vezes, enquanto descascava as batatas para fritar.

— As coisas vão ficar tristes por aqui depois que você for. Sem você, a dupla de macacos não funciona — disse ele, apontando para a figura pendurada sobre o balcão. — O Rato também vai sentir sua falta.

— É...

— É legal lá em Tóquio?

— Todo lugar é a mesma coisa.

— Acho que sim, né? Eu não saio dessa cidade desde as Olimpíadas de Tóquio.

— Você gosta daqui?

— Você mesmo acabou de dizer. Todo lugar é a mesma coisa.

— É.

— Mas daqui a alguns anos, queria ir de novo pra China. Não voltei pra lá nem uma vez... Sempre que vou até o porto e vejo os navios, penso nisso.

— Meu tio morreu na China.

— É mesmo? Muita gente morreu lá. Mas somos todos irmãos.

J me deu várias cervejas, e ainda colocou uma porção de batatas fritas quentinhas em uma sacola para a viagem.

— Obrigado.
— Imagina. Não é nada de mais. Mas realmente, todo mundo cresce tão rápido... Quando te conheci, você ainda estava no colégio.
Eu concordei rindo e disse adeus.
— Cuide-se, hein — disse o J.
O calendário do bar, aberto no dia 26 de agosto, trazia a seguinte frase:
"Aquilo que damos sem nos arrepender é o mesmo que costumamos receber."

Comprei a passagem de ônibus, sentei na sala de espera e fiquei olhando as luzes da cidade. Conforme a noite avançava, as luzes foram se apagando, até restarem apenas a iluminação das ruas e os neons. Um alerta de nevoeiro soou, trazendo consigo uma leve brisa do mar.

Dois funcionários parados nos dois lados da porta do ônibus checavam as passagens e número dos assentos. Quando entreguei minha passagem, o funcionário disse:
— Assento 21 China.
— China?
— É, fileira 21, assento C. A é América, B é Brasil, C é China, D é Dinamarca. Se eu não falar assim, esse aí se confunde todo — disse ele, apontando para o colega que anotava os assentos ocupados.
Eu assenti, subi no ônibus, sentei na cadeira 21-C e comi as batatas, que ainda estavam quentes.

Tudo passa. Ninguém consegue segurar nada.
E assim vamos vivendo a vida.

39

E assim termina a minha história. Mas ela tem uma continuação, claro.

Eu fiz vinte e nove anos, e o Rato, trinta. É um bocado de anos. O J's Bar foi reformado quando alargaram a rua, e virou um barzinho elegante. Ainda assim, o J continua descascando um balde de batatas por dia, e os fregueses de antigamente continuam lá tomando cerveja, apesar de resmungarem que o bar era melhor antes.

Eu me casei e moro em Tóquio.

Sempre que passa um filme do Sam Peckinpah eu e minha esposa vamos ao cinema, e na volta tomamos duas cervejas cada um no Parque Hibiya, jogando pipoca para os pombos. O filme do Peckinpah que eu mais gosto é *Tragam-me a cabeça de Alfredo Garcia*, mas ela prefere *Comboio*. Fora os filmes dele, eu gosto de *Cinzas e diamantes*, e ela gosta de *Madre Joana dos Anjos*. Talvez até os nossos gostos tenham ficado parecidos, depois de vivermos tanto tempo juntos.

Se me perguntarem se sou feliz, só poderia responder: acho que sim. Os sonhos são assim, no fim das contas.

O Rato continua escrevendo romances. Todo ano ele me envia algumas cópias no Natal. Ano passado era sobre um cozinheiro que trabalha em um sanatório para doentes mentais, e no ano anterior, sobre uma banda musical de comédia inspirada nos *Irmãos Karamazov*. Seus romances continuam não tendo nenhuma cena de sexo nem nenhum personagem morto.

Na primeira página dos manuscritos ele sempre escreve:

"Parabéns
e
Feliz Natal."

É que meu aniversário é dia 24 de dezembro.

Eu nunca mais encontrei a menina que só tinha quatro dedos na mão esquerda. Quando voltei para a cidade no inverno, ela havia largado o trabalho na loja de discos e saído do apartamento. Desapareceu para dentro do mar de pessoas e da correnteza do tempo, sem deixar nenhuma pegada.
    Quando volto para lá no verão, sempre ando pelo mesmo caminho por onde passei com ela, sento sozinho nos degraus de pedra do armazém e olho o mar. As lágrimas nunca vêm quando tenho vontade de chorar. É a vida.

O disco com "California Girls" continua em um canto na minha estante. Quando chega o verão, tiro ele de lá e escuto essa música várias vezes, enquanto bebo cerveja, pensando sobre a Califórnia.
    Ao lado da estante de discos está a minha escrivaninha, e sobre ela um bloco de capim já mumificado. É o capim que tirei do estômago da vaca.
    A foto da menina da filosofia, que morreu, desapareceu durante alguma mudança.
    Os Beach Boys lançaram um disco novo, depois de muito tempo.

I wish they all could be
California girls...

40

Por último, vou falar mais uma vez sobre Derek Hartfield.

Hartfield nasceu em 1909 numa pequena cidade no estado de Ohio, onde passou a infância. Seu pai era um eletricista de poucas palavras, e a mãe, uma mulher rechonchuda, especializada em ler a sorte nas estrelas e assar biscoitos. O jovem Hartfield, um garoto melancólico sem um único amigo, passava todo o seu tempo livre lendo histórias em quadrinhos e revistas *pulp* e comendo os biscoitos da sua mãe, foi assim que chegou até a formatura do colegial. Depois de se formar, tentou trabalhar nos correios da cidade, mas não durou muito tempo lá. Foi nessa época que ele decidiu que o único caminho que poderia seguir era o de escritor.

Em 1930, ele vendeu para a revista *Weird Tales* a quinta história que escreveu, por vinte dólares. No ano seguinte, escreveu setenta mil palavras por mês. No outro, esse número aumentou para cem mil, e no ano de sua morte já havia chegado a cento e cinquenta mil palavras por mês. Reza a lenda que ele tinha que trocar sua máquina de escrever Remington a cada seis meses.

A maioria das suas obras era de aventura ou horror, e a série "Waldo, o pequeno aventureiro", que reunia esses dois estilos, foi o seu maior sucesso, com um total de quarenta e dois volumes. Ao longo deles Waldo morre três vezes, mata cinco mil inimigos e tem relações com um total de 375 mulheres, incluindo uma marciana. Algumas dessas obras foram traduzidas para o japonês.

Hartfield odiava uma quantidade notável de coisas. Correios, o colégio, editoras, cenouras, mulheres, cachorros... a lista não tem fim. Mas as coisas de que ele gostava eram só três: armas, gatos e os biscoitos da sua mãe. Sua coleção de armas devia ser a mais completa dos Estados Unidos, fora a dos Estúdios Paramount e a dos laboratórios do FBI. Ele tinha todos os modelos, exceto armas de defesa antiaérea e antitanques. Sua peça preferida era um revólver .38 com o cabo de madrepérola. Ele guardava uma única bala no seu tambor, e costumava dizer "um dia desses eu vou 'revolver' a mim mesmo com isso aqui".

Mas quando sua mãe morreu, em 1938, ele foi até Nova York, subiu no Empire State, pulou lá de cima e morreu espatifado como um sapo.

Na sua lápide, seguindo as instruções do seu testamento, consta a seguinte citação de Nietzsche:

COMO SERIA POSSÍVEL COMPREENDER, À LUZ
DO DIA, A ESCURIDÃO DA NOITE?

PINBALL, 1973

1969-1973

Eu tinha um prazer doentio em ouvir histórias de lugares desconhecidos.

Houve um tempo, já faz uns dez anos, em que eu agarrava qualquer pessoa que encontrasse por perto para perguntar sobre sua terra natal ou a cidade em que tinha crescido. Todo mundo parecia ter boa vontade e entusiasmo para falar sobre esses lugares — pelo jeito, esse tipo de gente, que quer ouvir as histórias dos outros, estava em falta nessa época. Acontecia até de pessoas que eu não conhecia terem ouvido boatos sobre mim e virem me procurar só para contar suas histórias.

Eles divagavam sobre as coisas mais variadas, como se atirassem pedras em um poço seco, e depois de dizer tudo o que queriam iam embora satisfeitos. Alguns falavam contentes, outros, irritados. Alguns eram ótimos narradores, outros contavam histórias que não faziam sentido algum, do começo ao fim. Histórias tediosas, histórias trágicas que me enchiam os olhos de lágrimas, histórias absurdas que mais pareciam piadas. Qualquer que fosse o caso, eu sempre ouvia com o máximo de dedicação.

Não sei por quê, mas todos estavam desesperados para contar algo a alguém, ou talvez ao mundo inteiro. Escutando suas histórias, eu imaginava um bando de macacos enfiados em uma caixa de papelão. Eu ia pegando um macaco de cada vez, espanava a poeira com cuidado e o soltava na pradaria com um tapa no traseiro. Depois disso, não sabia para onde eles iam. Deviam passar a vida comendo bolotas de carvalho em algum canto, até morrer. Era seu destino.

Para falar a verdade, essa era uma atividade que dava muito trabalho e pouco resultado. Hoje em dia, penso que se houvesse naquele ano um Concurso Internacional de Ouvintes Diligentes de Histórias Alheias eu certamente teria ficado em primeiro lugar. Talvez ganhasse como prêmio, pelo menos, uma caixa de fósforos.

Entre as pessoas com quem conversei, estavam um nativo de Saturno e um de Vênus. As histórias deles eram muito impressionantes. Primeiro, a do nascido em Saturno.

— É... horrivelmente frio lá — disse ele num gemido. — Só de pensar, já fico me-meio louco.

Ele fazia parte de certo grupo político que tinha ocupado o prédio nove da universidade. O lema do grupo era "A ação determina a ideologia, e não o contrário". Nunca me explicaram o que, neste caso, determinava a ação. Mas o prédio nove tinha bebedouros com água gelada, telefone, água quente encanada e até mesmo, no primeiro andar, um estúdio musical bem jeitoso, com mais de dois mil LPs e caixas de som Altec A5. Isso (comparado, por exemplo, com o prédio oito, que cheirava como o vestiário de uma pista de corrida) era o paraíso. Todo dia de manhã eles se barbeavam cuidadosamente com água quente, passavam o dia fazendo quantas ligações interurbanas quisessem e, depois que o sol se punha, se reuniam para ouvir música. O resultado foi que, até o fim do outono, todos tinham se tornado grandes entusiastas da música erudita.

Não sei se é verdade que quando o terceiro esquadrão da polícia de choque invadiu o prédio nove, numa agradável e ensolarada tarde de novembro, soava a todo volume a série "L' estro armonico", de Vivaldi. Mas, sendo verdade ou não, esta é uma das comoventes lendas que rondam o ano de 1969.

Quando me esgueirei por baixo da pilha periclitante de sofás que fazia as vezes de barricada, tocava ao longe a "Sonata para piano em sol menor" de Haydn. A música criava uma atmosfera nostálgica, como quando a gente sobe uma rua calma, cheia de camélias, para visitar a namorada. Ele me ofereceu a melhor cadeira e serviu cerveja morna num béquer que tinham roubado do departamento de física.

— E, além disso, a gravidade é fortíssima — continuou ele, sobre Saturno. — Teve um sujeito que destruiu o próprio pé cuspindo um chiclete mascado. É o in-inferno.

— Entendo — concordei, depois de esperar uns dois segundos.

A essa altura eu já tinha no meu repertório umas trezentas reações e pequenas expressões de concordância diferentes. Uma variedade realmente notável.

— E o so-sol, ele fica muito longe. Assim, do tamanho de uma laranja apoiada em cima da primeira base, se você estiver olhando do campo externo — disse ele, suspirando.

— Por que não vai todo mundo embora? Deve ter outros planetas melhores pra se viver.

— Não sei... Acho que é por ser nosso planeta natal, né? É a vi-vida. Até eu vou voltar pra lá, quando terminar a faculdade. E vou fazer daquele planeta um lu-lugar grandioso. Fazer uma re-revolução!

Enfim, eu gosto de ouvir histórias sobre cidades bem distantes. Vou colecionando essas cidades como um urso se preparando para hibernar. E então, quando fecho os olhos, vejo surgir as ruas e fileiras de casas, ouço as vozes das pessoas. Sinto o movimento, delicado porém distinto, da vida dessas pessoas que provavelmente nunca cruzarão meu caminho.

*

Naoko também me contou histórias assim, algumas vezes. Eu me lembro de cada uma das suas palavras.

— Não sei como devo chamar aquele lugar...

Sentada na área de convivência da faculdade, o rosto apoiado sobre uma das mãos, ela sorria mas sua voz estava um pouco desanimada. Esperei, paciente, que ela continuasse. Ela sempre falava devagar, escolhendo cada palavra com precisão.

Estávamos sentados frente a frente, entre nós uma mesa vermelha de plástico com um copo descartável cheio de guimbas de cigarro. O sol, que entrava pelas janelas altas, como a luz em uma pintura de Rubens, traçava uma linha bem definida sobre a mesa, separando claro e escuro. Minha mão direita estava na luz, e a esquerda, à sombra.

Era a primavera de 1969, e tínhamos vinte anos. A sala estava abarrotada de estudantes calçando sapatos novos, carregando os novos horários das aulas e com cérebros novos enfiados na cabeça. Não havia nem onde pisar. A todo o momento alguém trombava ao nosso lado, reclamava ou se desculpava.

— Seja como for, não chega a ser uma cidade — continuou ela. — Tem uma linha de trem bem retinha e uma estação. É uma estação tão miserável que se estiver chovendo é capaz de o motorista passar direto por ela sem nem reparar.

Assenti com a cabeça. E por trinta segundos inteiros ficamos em silêncio, olhando à toa para a fumaça de cigarro que oscilava em meio aos raios de sol.

— Sempre tem algum cachorro perambulando na plataforma, de um lado pro outro. Esse tipo de estação. Sabe?

Eu fiz que sim.

— Quando você sai da estação, tem uma rotatória e um ponto de ônibus. E algumas lojas... Umas lojas que chegam a dar sono. Seguindo reto por aquela rua, você chega num parque. Lá tem um escorregador e três balanços.

— E tanque de areia, tem?

— Tanque de areia? — Ela pensou com bastante calma para ter certeza e assentiu. — Tem.

Nos calamos novamente. Meu cigarro chegou ao fim, e eu o apaguei dentro do copo, com cuidado.

— É um tédio horroroso. Não sei nem qual o propósito de existir uma cidade tão tediosa assim.

— Deus se revela de diversas formas — respondi.

Naoko sacudiu a cabeça e riu. Sua risada era comum, típica de uma estudante com o boletim cheio de dez, mas continuou por muito tempo no meu peito. Como o sorriso do Gato que Ri em *Alice no país das maravilhas*, sua risada permaneceu mesmo depois que ela se foi.

Ouvir as histórias dela me deu muita vontade de conhecer os tais cachorros que passeavam pela plataforma.

*

Quatro anos mais tarde, em maio de 1973, visitei sozinho essa estação. Para a ocasião, fiz a barba, coloquei uma gravata, coisa que não fazia havia seis meses, e estreei um par de sapatos de cordovão.

*

Ao descer do melancólico trem de interior, cujos dois vagões pareciam prestes a enferrujar a qualquer momento, a primeira coisa que senti foi o perfume saudoso de mato. Era o cheiro de um piquenique de antigamente. O vento de maio parecia vir do passado distante até mim. Se eu erguesse o rosto e escutasse com atenção, podia ouvir até as cotovias cantando.

Soltei um bocejo longo, sentei no banco da estação e acendi um cigarro, mal-humorado. O entusiasmo que eu sentira de manhã cedo ao sair do apartamento tinha desaparecido completamente. Tudo não passava de uma eterna repetição das mesmas coisas. Um déjà-vu infinito, que fica pior a cada reprise.

Teve uma época em que eu costumava dormir amontoado pelo chão com um bando de amigos. De manhãzinha, alguém pisava na sua cara. Te pedia desculpas. Aí você escutava o barulho de xixi. Isso se repetia sempre.

Afrouxei a gravata e, com o cigarro pendurado no canto da boca, esfreguei contra o chão de concreto a sola dos novos e desconfortáveis sapatos de couro, tentando aliviar a dor nos pés. Não era uma dor intensa, mas me dava um mal-estar, como se meu corpo estivesse partido em vários pedaços.

Não havia nenhum cachorro à vista.

*

Um mal-estar...

É comum eu me sentir desse jeito. Como se estivesse tentando montar ao mesmo tempo dois quebra-cabeças diferentes, com as peças misturadas. Nessas horas eu costumo beber uísque e dormir. Quando acordo de manhã, a situação está pior. Isso acontece sempre.

Quando acordei, havia duas garotas, gêmeas, deitadas comigo, uma de cada lado. Esse tipo de coisa já tinha me acontecido várias vezes, é verdade, mas nunca com uma gêmea de cada lado. As duas dormiam contentes, cada uma com o nariz encostado em um dos meus ombros. Era uma manhã ensolarada de domingo.

Pouco depois elas acordaram, quase ao mesmo tempo. Enfiaram desajeitadas as blusas e os jeans que estavam jogados debaixo da cama e, sem dizer uma palavra, foram até a cozinha, fizeram café, torradas, e colocaram a manteiga na mesa. Tudo com gestos muito hábeis. Um passarinho desconhecido, pousado sobre o alambrado do campo de golfe diante da janela, cantava como uma metralhadora.

— Como vocês se chamam?

— Não são nomes muito bons — disse a que estava sentada do lado direito.

— Realmente não é grande coisa — disse a da direita. — Sabe como é?

— Sei.

Sentados juntos à mesa, comemos as torradas e tomamos café.

— Fica ruim pra você, se a gente não tiver nome?

— Não sei...

Elas pensaram por algum tempo.

— Se você quiser muito usar algum nome, escolhe qualquer um — propôs a outra.

— Pode nos chamar do que quiser.

Elas falavam se alternando, como um teste de transmissão de rádio em som estéreo. Isso fazia minha cabeça doer mais ainda.

— Tipo o quê?

— Direita e esquerda — disse uma.
— Vertical e horizontal — disse a outra.
— Em cima e embaixo.
— Frente e verso.
— Leste e oeste.
— Entrada e saída — acrescentei eu, para não ficar de fora. As duas se entreolharam e riram satisfeitas.

*

Onde há uma entrada, há sempre uma saída. A maioria das coisas é assim. Caixas de correio, aspiradores de pó, zoológicos, garrafas de shoyu. Também tem coisas que não são assim, claro. Ratoeiras, por exemplo.

*

Certa vez, armei uma ratoeira embaixo da pia da cozinha do meu apartamento. Usei como isca um chiclete de menta, porque depois de revirar o apartamento inteiro não encontrei mais nada que pudesse chamar de comida. Achei o chiclete no bolso de um casaco de inverno, junto com metade de um ingresso de cinema.

Na manhã do terceiro dia, havia um pequeno camundongo preso nessa armadilha. Era um camundongo jovem, da cor daqueles suéteres de caxemira que vemos empilhados no *free shop* de Londres. Se fosse uma pessoa, acho que teria uns quinze ou dezesseis anos. Uma idade ingrata. O pedaço de chiclete estava caído embaixo das suas patas.

Eu tinha conseguido pegar o bicho, mas agora não tinha ideia do que fazer com ele. Na manhã do quarto dia o encontrei morto, com a pata traseira ainda presa. Aprendi uma lição importante vendo aquele camundongo: tudo tem que ter uma entrada e uma saída. As coisas são assim.

*

A linha de trem se estendia através das colinas, tão reta que parecia ter sido traçada a régua. Bem ao longe, dava para ver o verde-escuro das árvores, como um papel amassado. Os dois trilhos seguiam até lá, refletindo a luz do sol com um brilho fraco, e desapareciam para dentro da mata. Dava a impressão de que, não importava até onde você fosse, a paisagem ia continuar igual, eternamente. Era uma ideia deprimente. Se for assim, prefiro mil vezes o metrô.

Quando terminei o cigarro, me espreguicei e olhei para o céu. Fazia muito tempo que eu não olhava para o céu. Mais do que isso, fazia realmente muito tempo que eu não olhava com calma para nada.

Não havia uma única nuvem no céu, mas ele estava turvo, coberto pelo véu opaco característico da primavera. O azul permeava pouco a pouco esse véu indistinto. Os raios de sol caíam silenciosamente pelo ar como finas partículas de poeira e iam se acumulando pelo chão sem que ninguém lhes desse atenção.

A luz tremulava com o vento morno que corria devagar, como um bando de aves voando de uma árvore para outra. O vento escorregava pelo verde delicado das encostas ao longo da ferrovia, cruzava os trilhos e passava pelo bosque sem nem agitar as folhas. O canto de um cuco cruzou a luz suave e desapareceu rumo às montanhas. O relevo das colinas lembrava um gato gigante, dormindo enrodilhado numa poça de sol, no meio do tempo.

*

A dor nos meus pés ficou mais intensa.

*

Vou falar sobre poços.

Naoko veio para esta região aos doze anos. Era o ano de 1961 do calendário cristão. O ano em que Ricky Nelson cantou

"Hello Mary Lou". Naquela época, não havia nestes vales verdes e pacíficos absolutamente nada que chamasse a atenção. Umas poucas casas de agricultores e plantações, riachos cheios de lagostins, o trem suburbano com sua estação sonolenta, e nada mais. Quase todas as casas tinham pés de caqui no jardim e, num canto do quintal, um galpão maltratado pela chuva que parecia prestes a desabar com o primeiro que se apoiasse nele. Nas paredes dos galpões voltadas para a linha de trem havia outdoors espalhafatosos feitos de latão, anunciando papel higiênico ou sabonetes. Esse tipo de cidade, disse Naoko. Nem cachorros tinha!

A casa para onde ela se mudou era uma construção de dois andares em estilo ocidental, construída na época da Guerra da Coreia. Não era particularmente grande, mas tinha um ar sólido e tranquilo, graças às colunas grossas e resistentes e à madeira de qualidade, escolhida cuidadosamente para cada função. O exterior era pintado em três tons de verde. A chuva, o sol e o vento tinham desbotado cada um dos tons até que eles se fundissem perfeitamente com a paisagem. O jardim era amplo, com alguns bosques e um pequeno lago. No meio de um dos bosques havia uma aconchegante estrutura octogonal usada como ateliê, um lugar com janelas enfeitadas por cortinas de renda já totalmente sem cor. De manhã os passarinhos se reuniam para tomar banho no lago, no qual floresciam narcisos.

A casa tinha sido desenhada pelo seu primeiro morador, um velho pintor de telas a óleo que morrera de pneumonia no inverno anterior à chegada de Naoko. Foi no ano de 1960, aquele em que Bobby Vee cantou "Rubber Ball". Havia sido um inverno muito chuvoso. Não costumava nevar naquela região, mas em compensação caía uma chuva terrivelmente gelada que encharcava a terra, deixando a superfície úmida e gelada e formando no subsolo inúmeros veios de água doce.

A uns cinco minutos da estação, seguindo a linha do trem, ficava a casa do poceiro, em uma planície encharcada na várzea do rio, que se enchia de mosquitos e sapos no verão. O poceiro era um homem de uns cinquenta anos, ranzinza e teimoso, mas um verdadeiro gênio para cavar poços. Quando lhe pediam para abrir um poço, primeiro ele passava dias caminhando por todo o terreno do cliente, cheirando punhados de terra de cantos diversos e resmungando sozinho. E então, quando encontrava um lugar satisfatório, chamava alguns colegas poceiros e abria um buraco no chão em linha reta.

Graças a isso, os moradores dessa terra tinham água fresca de poço para beber à vontade. Uma água clara e gelada, tão farta que quase bastava segurar um copo para que ele se enchesse. Diziam que era água de degelo do monte Fuji, mas claro que era mentira. Ela nunca teria chegado de tão longe.

No outono, quando Naoko tinha dezessete anos, o poceiro morreu atropelado por um trem. Culpa da chuva torrencial, do saquê gelado e da surdez. Seu corpo voou sobre a campina em milhares de pequenos pedaços que, quando recolhidos, encheram cinco baldes inteiros. Os sete policiais que o recolheram precisaram usar longas varas com ganchos na ponta para se esquivar das hordas de vira-latas esfomeados. Parte dos seus restos, o suficiente para encher mais um balde, caiu no rio e virou ração de peixe.

O poceiro tinha dois filhos, mas nenhum deles herdou sua profissão. Ambos foram embora da cidade. Ninguém mais se aproximou da casa deles, que, abandonada, apodreceu devagar ao longo dos anos. E, desde então, bons poços se tornaram um artigo raro por ali.

Eu gosto de poços. Sempre que encontro um, jogo uma pedra. Não há nada tão tranquilizante quanto o som de um pedregulho atravessando a água no fundo de um poço.

*

A família da Naoko se mudou para lá em 1961 por decisão do seu pai. Ele era amigo do velho pintor falecido e tinha gostado daquele lugar.

Parece que o pai dela tinha sido um estudioso de literatura francesa reconhecido em sua área, mas na época em que Naoko entrou no ginásio ele abandonou de repente seu emprego na faculdade e passou a viver uma vida despreocupada, traduzindo, conforme lhe dava na telha, uns livros antigos e misteriosos. Livros de satanismo, magia negra, vampiros, esse tipo de coisa. Não sei muitos detalhes. Só vi uma foto dele, que saiu em uma revista. Segundo Naoko, ele levara uma vida muito divertida quando jovem, e dava para ver isso no seu rosto pela fotografia. De boina e óculos escuros, ele encarava sério um ponto cerca de um metro acima das lentes. Talvez estivesse vendo alguma coisa.

*

Na época em que Naoko e sua família se mudaram para aquela região, viviam ali vários intelectuais excêntricos como ele, formando uma espécie de comunidade. Como a colônia penal da Sibéria para onde as pessoas eram enviadas por crimes ideológicos na Rússia Imperial.

Li um pouco sobre o exílio na biografia de Trótski, mas, por algum motivo, só me lembro de histórias sobre baratas e renas. Então vamos à história das renas...

Encoberto pela escuridão, Trótski roubou um trenó e fugiu da colônia penal. As quatro renas do seu trenó correram sem parar, atravessando o branco prateado das desertas planícies congeladas. O hálito das quatro congelava no ar como uma nuvem branca, e a neve virgem se espalhava sob seus cascos. Dois dias depois, quando ele chegou à estação de trem, as renas desmaiaram de exaustão e nunca mais se levantaram. Abraçado às renas mortas, Tróstki jurou para si mesmo, em meio às lágrimas, trazer para seu país a justiça, os ideais e a revolução, não importando o quanto isso custasse. Até hoje as estátuas dessas quatro renas estão na Praça Vermelha. Uma voltada para o leste, outra voltada para o norte, outra para o oeste, outra para o sul. Nem mesmo Stálin conseguiu destruir essas estátuas. Aos turistas que visitam Moscou, recomendo visitar a Praça Vermelha no sábado, de manhã cedo. A essa hora, pode-se admirar os estudantes ginasiais russos, com suas bochechas coradas e hálito branco, lustrando as estátuas das renas. É uma cena muito agradável.

... Voltando à comunidade:

Eles evitaram os terrenos planos e mais convenientes perto da estação, e fizeram questão de construir suas casas, cada um seguindo um estilo próprio, nas encostas das montanhas. Todas as casas tinham jardins gigantescos, onde foram preservados os bosques, as colinas e os lagos nas suas formas originais. Em um desses jardins havia um riacho tão límpido que tinha até peixes *ayu*.

Eles acordavam de manhã cedo com o canto dos pássaros e caminhavam pelo jardim, pisoteando os frutos das faias, parando aqui e ali para admirar a luz do sol matinal filtrada pelas árvores.

Bem, os tempos mudaram, e a súbita onda de expansão urbana vinda das grandes cidades chegou, ainda que em menor grau, até essa região. Foi na época das Olimpíadas de Tóquio. Tratores destruíram as vastas plantações de amoreira, que vistas das montanhas pareciam um mar, e foi surgindo ao redor da estação um padrão monótono de ruas.

Quase todos os novos moradores eram de classe média, funcionários de empresas que pulavam da cama às cinco da manhã para se enfiar no trem sem nem lavar o rosto e voltavam tarde da noite como mortos-vivos.

Sendo assim, os domingos à tarde eram os únicos momentos que eles tinham para olhar com calma para a cidade e para as próprias casas. E a maioria deles criava cachorros, como se todos tivessem combinado. Os cachorros procriavam sem parar, e seus filhotes se tornavam vira-latas. Foi isso o que Naoko quis dizer ao exclamar que antigamente não havia nem cachorros.

*

Esperei por cerca de uma hora, mas nenhum cachorro apareceu. Acendi uns dez cigarros e os apaguei com a sola do sapato. Caminhei até a torneira no meio da plataforma, bebi uma água saborosa e tão gelada que minhas mãos doeram de frio. E nada dos cachorros.

Ao lado da estação havia um grande lago, cheio de curvas, como um rio que tivesse sido represado. Plantas aquáticas cresciam altas nas suas margens, e às vezes um peixe saltava para fora da água. Havia alguns homens sentados à sua volta, distantes uns dos outros, segurando taciturnos suas varas de pescar sobre a água turva. As linhas de pesca estavam completamente imóveis, como agulhas fincadas na superfície da água. Sob a luz difusa da primavera, um cachorro grande e branco, provavelmente trazido por algum dos pescadores, andava para lá e para cá cheirando os trevos com grande interesse.

Quando ele chegou a uns dez metros de mim, me inclinei sobre a cerca e o chamei. O cachorro levantou a cabeça, ergueu os olhos de um castanho tão claro que dava dó e abanou o rabo duas ou três vezes. Estalei os dedos, e ele se aproximou, enfiou o focinho pela cerca e lambeu minha mão com a língua comprida.

— Vem! — chamei, recuando um pouco.

Indeciso, ele olhou para trás e continuou abanando o rabo, sem entender nada.

— Vem, pode entrar! Já cansei de esperar.

Tirei um chiclete do bolso, o desembrulhei e mostrei para o cachorro. Ele encarou o chiclete por algum tempo, então pareceu tomar uma decisão e se esgueirou por debaixo da cerca. Afaguei algumas vezes sua cabeça, enrolei o chiclete na palma da mão e o arremessei com toda a força para o fim da plataforma. O cachorro saiu correndo em linha reta.

Eu fiquei satisfeito e voltei para casa.

*

No trem de volta, repeti muitas vezes para mim mesmo: tudo isso já acabou, esquece. Não foi pra isso que você veio até aqui? Mas eu não conseguia esquecer. Não conseguia esquecer que eu tinha amado a Naoko. Nem que ela já estava morta. No fim das contas, nada tinha acabado de verdade.

*

Vênus é um planeta quente, coberto de nuvens. A maior parte dos habitantes vive pouco, por causa do calor e da umidade. Costumam morrer tão jovens que, se você viver até os trinta, já é uma lenda. Em compensação, o coração de todos os venusianos transborda de amor. Todos amam uns aos outros. Eles não odeiam, invejam nem desprezam ninguém. Não falam mal dos outros. Não há assassinatos nem brigas, apenas afeto e gentileza.

— Então, mesmo se alguém morrer hoje, por exemplo, a gente não fica triste — disse o nativo de Vênus, um sujeito muito sereno. — Porque enquanto as pessoas estão vivas, a gente já ama o suficiente, sabe? Pra não se arrepender depois.

— Então vocês amam antecipadamente, é isso?

— Não entendo muito bem as palavras que vocês usam… — Ele sacudiu a cabeça.

— Isso realmente funciona?

— Se a gente não fizesse isso — respondeu ele — Vênus estaria totalmente soterrada pela tristeza.

*

Quando voltei para casa, as gêmeas estavam enfiadas na cama como duas sardinhas enlatadas, rindo baixinho.

— Bem-vindo — disse uma delas.

— Onde você estava?

— Numa estação de trem — respondi, afrouxando a gravata.

Me enfiei na cama entre as duas e fechei os olhos. Eu estava morrendo de sono.

— Que estação?
— O que você foi fazer?
— Uma estação bem longe. Fui ver um cachorro.
— Que tipo de cachorro?
— Você gosta de cachorros?
— Um cachorro grande e branco. Mas eu não gosto particularmente de cachorros, não.

As duas ficaram em silêncio enquanto eu acendi um cigarro e o fumei até o fim.

— Você está triste? — perguntou uma.

Eu concordei com a cabeça, calado.

— Dorme um pouco — disse a outra.

Eu dormi.

*

O tema desta história sou "eu", e também é um cara chamado Rato. Naquele outono, "nós" vivíamos em cidades diferentes, a setecentos quilômetros uma da outra.

Este romance começa em setembro de 1973. Essa é a entrada. Espero que tenha uma saída. Se não tiver, não faz nenhum sentido escrever.

Sobre as origens do pinball

Ninguém ouviu falar de Raymond Moloney.
Só sabemos que essa pessoa existiu e depois morreu, nada mais. Ninguém sabe nada sobre a sua vida. Ela é tão conhecida como besouros-d'água no fundo de um poço.
Porém, é historicamente sabido que foi por suas mãos que, no ano de 1934, a primeira máquina de pinball desceu das nuvens douradas da tecnologia para este mundo impuro. Foi também nesse ano que, do outro lado da enorme poça chamada oceano Atlântico, Adolf Hitler agarrou o primeiro degrau na escada de mão da República de Weimar.
Bom, a vida deste Raymond Moloney não é tingida pelos tons míticos que colorem a vida dos irmãos Wright ou de Graham Bell, por exemplo. Não há nenhum episódio comovente da sua juventude, nenhum momento dramático de eureca. Há apenas seu nome gravado na primeira página de um livro de curiosidades, escrito para um punhado de leitores excêntricos. "A primeira máquina de pinball foi inventada pelo Sr. Raymond Moloney, no ano de 1934." Não tem nenhuma foto dele no livro. Obviamente, não existem retratos nem estátuas em sua homenagem.
Talvez você esteja pensando que, se não fosse por Raymond Moloney, a história das máquinas de pinball seria muito diferente da que conhecemos. Ou, pior ainda, ela nem existiria! E que, portanto, é uma grande ingratidão não darmos o devido valor ao sr. Moloney. Porém, se você pudesse ver a primeira máquina de pinball inventada por ele, a "Ballyhoo", esse questionamento certamente desapareceria. Isso porque não há nessa máquina uma única coisa que estimule nossa imaginação.

A história do pinball e a de Adolf Hitler têm um aspecto em comum. Ambos surgiram como produtos duvidosos de sua época e adquiriram sua aura mítica não tanto por suas próprias qualidades, mas pela velocidade com que avançaram. Esse avanço, naturalmente, foi sustentado por três elementos: tecnologia, investimento de capital e os desejos primordiais do ser humano.

Numa velocidade extraordinária, as pessoas foram acrescentando cada vez mais funções àquela primeira máquina de pinball, tosca como um boneco de barro. Uma pessoa gritou "Faça-se a luz!", outra gritou "Faça-se a eletricidade" e outra "Façam-se os fliperamas!". E então iluminou-se o *playfield*, o fundo da máquina, a força da eletricidade repeliu a bola e os dois braços dos *flippers* a arremessaram de volta.

O placar converteu a habilidade do jogador em números decimais, a luz de *tilt* apareceu para reclamar das chacoalhadas mais fortes. E então surgiu o conceito metafísico de "sequência" e, a partir dele, diversas outras escolas de pensamento: as lâmpadas de bônus, as bolas extras, o replay. A essa altura, o poder da máquina de pinball já era próximo da feitiçaria.

*

Este é um romance sobre o pinball.

*

A introdução do livro *Lâmpada de bônus*, um tratado acadêmico sobre o pinball, diz o seguinte:

> Você não tem quase nada a ganhar com uma máquina de pinball: apenas uma conversão numérica do seu orgulho. E tem muito a perder: moedas suficientes para forjar estátuas de todos os presidentes da história (caso você tenha algum interesse em erguer uma estátua de Richard Nixon) e seu tempo precioso, que nunca mais irá voltar.

Enquanto você se entrega ao consumo solitário diante do pinball, talvez alguém esteja lendo Proust. Outro alguém pode estar em um cinema *drive-in*, assistindo *Bravura indômita* e se agarrando com a namorada. Mais tarde, talvez um deles se torne um escritor capaz de captar a essência de nosso tempo, talvez o outro forme uma família feliz.

Mas a máquina de pinball não te levará a lugar nenhum. Só a lâmpada de replay se acenderá. Replay, replay, replay... É como se a própria máquina de pinball buscasse a eternidade.

Nós não sabemos muita coisa sobre a eternidade. Podemos, entretanto, perscrutar a sua sombra.

O objetivo da máquina de pinball não é a autoexpressão, mas a autotransformação. Não é a expansão do ego, mas sua contração. Não é a análise, mas a síntese.

Se você estiver em busca da autoexpressão, da expansão do ego, da análise, irá sofrer com a fúria sem misericórdia da lâmpada de *tilt*.

Have a nice game!

1

Deve haver várias maneiras de distinguir as duas irmãs gêmeas, mas infelizmente eu não conhecia nenhuma delas. O mesmo rosto, a mesma voz, o mesmo corte de cabelo e, para completar, nenhuma pinta ou marca de nascença... era um caso perdido. Duas cópias exatas. Reagiam do mesmo jeito aos estímulos, comiam e bebiam as mesmas coisas, cantavam as mesmas músicas, tinham os mesmos padrões de sono e até o mesmo ciclo menstrual.

A ideia de como deve ser ter um irmão gêmeo ultrapassa em muito minha imaginação. Mas sei que eu ficaria profundamente desnorteado se tivesse um irmão gêmeo idêntico a mim até nos mínimos detalhes. Talvez tenha alguma coisa errada comigo.

As duas garotas, entretanto, viviam na mais perfeita paz e ficaram bravas e muito surpresas ao descobrir que eu não conseguia diferenciá-las.

— Mas a gente é totalmente diferente!
— Não tem nada a ver!

Encolhi os ombros, sem responder.

Não sei há quanto tempo as gêmeas vieram morar na minha casa. Desde que comecei a viver com elas, minha noção de tempo foi enfraquecendo rapidamente. Penso que talvez eu percebesse o tempo do mesmo jeito que os microrganismos que se reproduzem por divisão celular.

*

Eu e um amigo alugamos um apartamento numa ladeira que sai de Shibuya em direção a Nanpeidai e abrimos ali um pequeno escritório de tradução. Para isso, pegamos o dinheiro emprestado do pai dele, mas não chegava a ser um valor muito alto. Só precisamos pagar o depósito do apartamento e comprar três escrivaninhas de aço, uns dez dicionários, um telefone e meia dúzia de garrafas de bourbon. Com o dinheiro que sobrou, encomendamos um letreiro de metal, inventamos um nome qualquer para gravar nele, o penduramos na fachada e colocamos anúncios no jornal. E então nos sentamos com os quatro pés em cima da mesa e esperamos, tomando o bourbon, que os clientes aparecessem. Isso foi na primavera de 1972.

Depois de alguns meses, percebemos que tínhamos encontrado uma mina de ouro. Uma quantidade incrível de serviço chegava ao nosso modesto escritório. Com a renda, compramos um ar-condicionado, uma geladeira e um kit de bar.

— Nós somos homens de sucesso! — disse meu amigo.

Fiquei muito satisfeito, porque essa era a coisa mais gentil que tinham me dito em toda a minha vida.

Meu amigo conversou com um conhecido dele, dono de uma gráfica, e passávamos para ele, com exclusividade, todos os trabalhos que precisassem de impressão, recebendo até uma comissão por isso. Eu entrei em contato com a secretaria de uma universidade de línguas estrangeiras e reuni alguns alunos competentes para trabalhar como freelancers. Quando eu tinha trabalho demais para dar conta sozinho, eles faziam os rascunhos das traduções. Contratamos uma funcionária para cuidar da contabilidade, da comunicação com os clientes e outros pequenos afazeres. Era uma moça atenciosa, recém-saída de um curso de administração, com pernas longas e nenhum defeito em particular exceto cantarolar "Penny Lane" umas vinte vezes por dia (e sem o refrão, ainda por cima). A gente tirou a sorte grande com essa aí, disse meu amigo. Então pagávamos a ela um salário uns cinquenta por cento mais alto do que a média das empresas e lhe dávamos um bônus anual equivalente a cinco meses de salário, além de dez dias de férias no verão e no inverno. Assim, vivíamos os três felizes, cada um satisfeito com seu arranjo.

O apartamento que alugamos tinha dois quartos e uma sala com cozinha americana, mas, curiosamente, a sala ficava no meio, entre os dois quartos. Tiramos a sorte no palitinho: eu fiquei com o quarto do fundo e meu amigo com o da frente, mais perto da porta. Na sala trabalhava a menina, que passava o dia anotando as finanças no livro-caixa, servindo uísque com gelo ou armando armadilhas para baratas. E cantarolando "Penny Lane".

Com a verba da empresa comprei dois escaninhos e coloquei um de cada lado da minha mesa. No da esquerda ficavam os textos para traduzir, e no da direita, os já traduzidos.

Tanto o conteúdo dos textos quanto os clientes eram muito diversos. À esquerda da minha mesa se empilhavam os mais variados materiais, desde um artigo da *American Science* sobre a resistência à pressão dos rolamentos, passando pelo *All-American Book of Cocktails* de 1972 e um ensaio de William Styron, até um manual de instruções para lâminas de barbear, todos com etiquetas informando "Até o dia tal de tal mês". Cada um a seu tempo, eles iam passando para o lado direito. A cada serviço que eu terminava, tomava um dedo de uísque.

O bom de trabalhar com traduções desse tipo é que não há absolutamente nenhuma necessidade de pensar. Você coloca uma moeda na palma da mão esquerda, bate a mão sobre a direita — plaft! — e agora a moeda está na outra mão. Só isso.

Chegávamos no escritório às dez horas e saíamos às quatro. Aos sábados, íamos os três para uma discoteca ali perto e dançávamos ao som de uma banda cover de Santana, bebendo J&B.

O dinheiro não era ruim. Com o lucro total, pagávamos o aluguel do escritório, as poucas despesas, o salário da menina, o trabalho dos freelancers e os impostos. Em seguida, dividíamos o restante em dez partes iguais: uma ia para as economias da empresa, cinco para meu amigo e quatro para mim. Para isso, dispúnhamos todo o dinheiro sobre a mesa, em dez pilhas. Era um método primitivo, mas muito divertido. Me lembrava a cena em que Steve McQueen e Edward G. Robinson jogam pôquer em *A mesa do diabo*.

Acredito que essa divisão, de cinco partes para ele e quatro para mim, era bastante justa. Afinal todos os aspectos práticos da administração caíam no colo dele, que ainda me aturava sem reclamar quando eu bebia além da conta. Para completar, ele tinha uma esposa de saúde frágil, um filho de três anos, um Fusca que vivia quebrando e, como se tudo isso não fosse suficiente, uma mania de arranjar mais sarna para se coçar.

— Mas eu também tenho duas gêmeas em casa pra sustentar… — experimentei dizer certo dia, mas obviamente ele não me levou a sério. Como sempre, ele ganhou cinco partes e eu, quatro.

E assim passavam as estações, nos meados dos meus vinte anos. Dias tranquilos como uma poça de sol num fim de tarde.

"Tudo o que mãos humanas escrevem", dizia o slogan nos nossos panfletos impressos em três cores, "nós podemos traduzir."

A cada seis meses passávamos por um período de tédio absoluto, e então nós três íamos para a estação de Shibuya distribuir esses panfletos, para passar o tempo.

Me pergunto por quanto tempo foi assim. Eu caminhava em meio a um silêncio infinito. Saía do trabalho, ia para casa e, tomando o café saboroso feito pelas gêmeas, relia mais uma vez a *Crítica da razão pura*.

Às vezes o dia de ontem parecia o ano anterior, ou o ano anterior se confundia com o dia de ontem. Nas horas mais graves, o ano seguinte se confundia com o dia anterior. Também acontecia de eu estar traduzindo um artigo de Kenneth Tynan sobre Roman Polanski, publicado na edição de setembro de 1971 da revista *Esquire*, e passar todo o tempo pensando sobre pressão e rolamentos.

Por muitos meses, por muitos anos, permaneci assim, sentado sozinho no fundo de uma piscina profunda. A água morna, a luz suave, o silêncio. O silêncio…

*

Havia apenas uma maneira de distinguir as gêmeas: os casacos de moletom que elas vestiam. Eram moletons azul-marinho, já bem desbotados, com números impressos em branco na parte da frente. Um dizia "208" e o outro "209". O "2" ficava sobre o mamilo direito, e o "8" ou "9", sobre o mamilo esquerdo. O "0" ficava espremido entre os dois.

No primeiro dia, perguntei o que queriam dizer aqueles números. Não querem dizer nada, responderam elas.

— Parece um número de série...

— Como assim? — perguntou uma.

— Quer dizer, parece que tem muitas de vocês, e vocês são o número 208 e 209 dessa série.

— Tá maluco? — disse a 209.

— Somos só duas, desde que a gente nasceu — disse a 208. — E essas blusas a gente ganhou de presente.

— De quem? — perguntei.

— Era um brinde de inauguração num supermercado. Distribuíram pros primeiros clientes, na ordem.

— Eu fui a 209ª cliente — disse a 209.

— E eu fui a 208ª cliente — disse a 208.

— A gente comprou três caixas de lenço de papel.

— Tá, então vamos fazer assim. Vou chamar você de 208 e você de 209. Assim consigo diferenciar uma da outra — disse eu, apontando para elas na ordem.

— Não adianta — disse uma delas.

— Por quê?

Sem dizer nada, elas tiraram os casacos, trocaram entre si e os vestiram de novo.

— Eu sou a 208 — disse a 209.

— E eu sou a 209 — disse a 208.

Eu suspirei.

Mesmo assim, quando eu precisava de qualquer jeito distinguir as duas, tinha que depender dos números, pois não havia outra maneira de diferenciá-las.

Elas não tinham quase nenhuma roupa fora esses moletons. Parecia que, no meio de um passeio, tinham entrado na casa de alguém e resolvido ficar morando ali. Bom, acho que era o que tinha acontecido, mesmo. Eu dava a elas um pouco de dinheiro no começo da semana, dizendo para comprarem o que precisassem, mas a única coisa que compravam, fora os ingredientes para preparar as refeições, eram biscoitos recheados sabor café.

— Mas não é chato pra vocês não ter roupas? — perguntei.

— Não — respondeu a 208.

— A gente não liga pra roupas — disse a 209.

Uma vez por semana, elas lavavam os moletons com carinho, na banheira. Deitado na cama, eu levantava os olhos da *Crítica da razão pura* e me deparava com as duas peladas, ajoelhadas lado a lado sobre os azulejos, lavando os casacos. Nessas horas, sentia que tinha vindo parar em algum lugar muito estranho. Não sei por quê. Desde o verão anterior, quando eu perdera um implante dentário embaixo do trampolim na piscina, volta e meia eu me sentia assim.

Muitas vezes, ao chegar do trabalho, eu via os moletons com os números 208 e 209 pendurados na janela voltada para o sul, como bandeiras. Nessas horas, meus olhos chegavam a se encher de lágrimas.

*

Nunca perguntei por que elas tinham vindo morar no meu apartamento, até quando pretendiam ficar ou, pra começo de conversa, quem eram elas. Quantos anos tinham? De onde vinham?

Elas também não falaram nada.

Nós passávamos os dias tomando café, passeando pelo campo de golfe ao entardecer para procurar por bolas perdidas e nos divertindo na cama. A atração principal era a leitura comentada do jornal — todos os dias de manhã eu passava uma hora explicando as notícias para elas. Era inacreditável o quão pouco elas sabiam sobre o mundo. Não conseguiam sequer diferenciar a Birmânia da Austrália. Demorei três dias para convencê-las de que o Vietnã estava dividido em dois, um lado em guerra com o outro, e mais quatro dias explicando as razões de Nixon para bombardear Hanói.

— E pra quem você tá torcendo? — perguntou a 208.

— Pra quem?

— É, pro norte ou pro sul? — disse a 209.

— Bom, pra qual será… Não sei.

— Por que não? — disse a 208.

— Eu nem moro no Vietnã.

Elas não se contentaram com a minha explicação. Nem eu mesmo me satisfiz com a minha explicação.

— Eles estão lutando porque um lado pensa diferente do outro, não é? — insistiu a 208.

— Acho que sim.

— Então isso quer dizer que tem dois jeitos opostos de pensar — disse a 208.

— É. Só que no mundo tem um milhão e duzentos mil jeitos opostos de pensar, sabe. Mentira, deve ter mais do que isso.

— Então não dá pra ser amigo de quase ninguém no mundo? — perguntou a 209.

— Talvez — respondi. — Talvez não dê pra ser amigo de quase ninguém…

Este era meu estilo de vida na década de 1970. Profetizado por Dostoiévski, consolidado por mim.

2

Alguma coisa perversa estava à espreita no outono de 1973. O Rato sentia isso claramente, como uma pedra dentro do sapato.

Depois que o curto verão daquele ano se foi, varrido pelos ventos instáveis do começo de setembro, o Rato ainda continuou a viver dentro da parca lembrança da estação que lhe restava. Com a mesma camiseta velha, a mesma bermuda feita de uma antiga calça jeans e os mesmos chinelos, ele continuava frequentando o J's Bar, onde se sentava no balcão, conversava com o bartender J e tomava cervejas um pouco geladas demais. Voltou a fumar, depois de cinco anos, e checava o relógio de pulso a cada quinze minutos.

Era como se, para ele, o tempo tivesse parado, como se a linha do tempo tivesse se partido subitamente em algum ponto. Ele não sabia dizer qual fora o motivo. Não conseguia nem mesmo encontrar a ponta rompida da linha. Agarrado àquela corda inerte, perambulava pela escuridão tênue do outono. Cruzou campos, atravessou rios, abriu algumas portas. Mas a corda não o levou a lugar algum. O Rato estava fraco e sozinho, como uma mosca de inverno que tem suas asas arrancadas, ou um rio diante do mar. Um vento ruim soprara de algum lugar distante e carregara para o outro lado do planeta tudo o que havia de familiar ao seu redor.

Uma estação abre uma porta e se vai, enquanto a estação seguinte entra pelo outro lado. Você corre atrás daquela que se foi, abre a porta, grita Ei, espera só um instante, esqueci de te falar um negócio!... Mas já não há mais ninguém ali. Você fecha a porta novamente. Dentro da sala, a nova estação já está acomodada numa cadeira, acendendo um cigarro. Se você tiver se esquecido de falar alguma coisa, diz ela, pode contar pra mim. Com sorte, eu consigo passar seu recado depois. Não, deixa pra lá, você diz, não era nada de mais. Ao seu redor só se escuta o som do vento. Não era nada de mais. Foi só mais uma estação que morreu.

*

Todos os anos, esse jovem de família rica que largou a faculdade e esse solitário bartender chinês suportavam lado a lado o frio do outono e do inverno, como um casal que está junto há muitas décadas.

O outono sempre foi uma estação desagradável. Antes mesmo que ele chegasse de vez, os poucos amigos do Rato que visitavam a cidade durante o verão já partiam de volta para suas terras distantes, deixando atrás de si apenas breves despedidas. E assim, quando a luz do verão passava por esse invisível divisor de águas e começava a mudar de cor quase imperceptivelmente, a aura brilhante que por um breve instante envolvera o Rato também se apagava. Então todos os seus sonhos e lembranças alegres eram tragados pelo areal do outono como um pequeno riacho, sem deixar vestígio.

Para J, o outono também não era uma época feliz, pois em meados de setembro a clientela do bar diminuía visivelmente. Isso acontecia todos os anos, mas naquele outono o declínio foi particularmente chamativo. Nem J nem o Rato sabiam o motivo. A situação era tal que, quando chegava a hora de fechar o bar, ainda restava meio balde de batatas descascadas, prontas para fritar.

— Já, já o movimento volta — consolou o Rato. — E aí você vai reclamar que tem trabalho demais.

— Será?

J, sentado pesadamente em uma banqueta do lado de dentro do balcão, tirando com o picador de gelo a gordura grudada na torradeira, respondeu desconfiado.

Ninguém sabia o que iria acontecer dali para a frente.

O Rato virava as páginas do seu livro em silêncio, e J polia as garrafas de bebida, segurando entre seus dedos ásperos um cigarro sem filtro.

*

Fazia três anos que, para o Rato, a passagem do tempo começara pouco a pouco a perder a uniformidade. Desde a primavera em que ele largou a faculdade.

Ele teve vários motivos para largar a faculdade, é claro. Esses motivos foram se emaranhando elaboradamente, até que alcançaram certa temperatura e o fusível queimou com um estouro. E então algumas coisas permaneceram, outras voaram longe, outras morreram.

Ele não explicou para ninguém por que tinha abandonado a universidade. Para explicar direito, precisaria de umas cinco horas. Além disso, se ele explicasse para uma pessoa, as outras também iam querer saber, e ele ia acabar sendo forçado a explicar os seus motivos diante do mundo inteiro. Só de pensar nisso, sentia um desgosto profundo.

— Eu não gostava do jeito que eles cortavam a grama no pátio.

Era o que ele costumava dizer quando era inevitável dar alguma explicação. Uma menina chegou a ir até a faculdade para ver a grama do pátio. Não é tão ruim assim, disse ela. Só tinha um ou outro papel jogado... É uma questão de gosto, respondeu o Rato.

— A gente não foi com a cara um do outro. Nem eu com a da faculdade, nem ela com a minha — respondia ele, quando estava mais bem-humorado.

E depois se calava.

Já faz três anos que isso aconteceu.

Tudo passou, junto com o tempo. Passou numa velocidade quase inacreditável. E as emoções violentas que em certo momento viviam dentro dele foram desbotando até se transformarem em sonhos velhos e sem sentido.

No ano em que entrou na faculdade, o Rato saiu de casa e foi morar num apartamento que seu pai tinha usado por algum tempo como escritório. Seus pais não se opuseram. Já tinham comprado o apartamento pensando que seria seu no futuro, e também acharam que não faria mal para ele sofrer um pouco, tendo que se virar sozinho.

Mas, de qualquer maneira que se olhasse para aquela vida, ela não parecia nem um pouco ser um sofrimento. Do mesmo jeito que o melão não parece ser uma hortaliça. O apartamento, de dois quartos, era espaçoso e bem planejado, tinha ar-condicionado, telefone, uma televisão em cores de dezessete polegadas, uma banheira com chuveiro e uma garagem subterrânea com um Triumph dentro. Para completar, havia uma varanda elegante, perfeita para banhos de sol. O apartamento ficava no canto sudeste do último andar do prédio, de onde se via toda a cidade e o mar. Se você abrisse as janelas dos dois lados, o vento trazia o canto dos passarinhos e um perfume abundante das árvores.

O Rato passava as horas calmas da tarde esparramado numa poltrona de vime. Se fechasse os olhos, podia sentir o tempo atravessando seu corpo como uma corrente de água morna. E assim ele passou horas, dias, semanas.

De vez em quando, como uma lembrança, pequenos sentimentos formavam ondas no seu peito. Nessas horas o Rato cerrava os olhos, trancava cuidadosamente seu coração e esperava, imóvel, até as ondas se acalmarem. Isso acontecia geralmente ao anoitecer, na hora do crepúsculo. Depois que as ondas partiam, a calmaria o envolvia novamente, como se nada tivesse acontecido.

3

As únicas pessoas que batem na minha porta são vendedores de jornal querendo me convencer a fazer uma assinatura. Então eu nunca abro quando aparece alguém, nem sequer respondo.

Mas o visitante daquela manhã de domingo não ia embora. Ele continuou batendo, trinta e cinco vezes seguidas. Contrariado, me levantei ainda meio dormindo e abri a porta, escorado no batente. Um homem com seus quarenta anos estava parado no meio do corredor, vestindo um macacão de uniforme e abraçado ao seu capacete como a um cãozinho.

— Sou da companhia telefônica — disse o homem. — Vim trocar o quadro de distribuição.

Eu assenti. O homem tinha o rosto barbudo, desses que continuam escuros por mais que você faça a barba. Ela chegava até debaixo dos seus olhos. Fiquei com um pouco de pena dele, mas, acima de tudo, eu estava morrendo de sono. É que eu tinha ficado jogando gamão com as gêmeas até as quatro da manhã.

— Não pode fazer isso à tarde, por favor?
— É que se eu não fizer agora, fica complicado...
— Por quê?

O homem revirou um bolso lateral da calça, tirou de lá uma agenda e me mostrou.

— O trabalho do dia todo já está agendado. Tenho que terminar esta região aqui e ir logo para a próxima, tá vendo?

Espiei a agenda, de ponta-cabeça. De fato, o meu apartamento era o último que faltava naquele bairro.

— Que tipo de serviço você precisa fazer?
— É um negócio bem simples. Tiro o quadro de distri-

buição antigo, corto os fios, coloco o novo, reconecto e pronto. Acabo em dez minutinhos.

Eu pensei um pouco, mas sacudi a cabeça novamente.

— Não tem nada errado com o quadro de agora.

— É que esse é um modelo antigo.

— Não tem problema.

— Olha, é o seguinte — disse o homem, depois parou para pensar um pouco. — Não é questão de ser um problema pra você ou não. É que, do jeito que tá, atrapalha todo mundo.

— Atrapalha como?

— Todos os quadros de distribuição estão conectados a um computador enorme lá na central. Então, se o quadro do senhor for o único enviando um sinal diferente dos outros, fica muito complicado, entende?

— Entendo. É uma questão de integrar o *hardware* e o *software*.

— Se o senhor entende, então pode me dar licença, por favor?

Resignado, abri a porta e deixei o homem entrar.

— Mas por que o quadro de distribuição fica na minha casa? — perguntei. — Não devia ficar na sala do zelador ou alguma coisa assim?

— *Geralmente*, sim — respondeu ele, que inspecionava meticulosamente as paredes da cozinha em busca do quadro. — Só que as pessoas tratam os quadros de distribuição como se fossem um trambolho inútil, sabe? Porque eles ocupam muito espaço e a gente não costuma usar pra nada.

Assenti com a cabeça. Agora ele estava de meias em cima de uma cadeira da cozinha, procurando no teto, mas não encontrou nada.

— É uma caça ao tesouro, porque todo mundo enfia os pobres dos quadros nos lugares mais improváveis. Aí depois vão e colocam um piano gigantesco ou uma vitrine de bonecas no meio da sala. Vai entender...

Eu concordei. Ele desistiu da cozinha e, sacudindo a cabeça, abriu a porta que dava para o quarto.

— Numa casa que eu fui esses dias, por exemplo, deu até dó. Adivinha onde foi que eles enfiaram o quadro? Até eu, que...

O homem engoliu em seco. Sobre a cama enorme, no canto do quarto, estavam deitadas lado a lado as gêmeas, com os cobertores puxados até o pescoço. Entre as duas restava o espaço onde eu estivera. Pasmo, o operário não disse mais nada por quinze segundos, então fui obrigado a quebrar o silêncio.

— Ele é da companhia telefônica.

— Olá — disse a da direita.

— Muito prazer — disse a da esquerda.

— Bom... bom dia — disse o operário.

— Veio para trocar o quadro de distribuição — acrescentei.

— Quadro de distribuição?

— O que que é isso?

— É o aparelho que organiza os circuitos.

"Não entendi", disseram as duas, e eu deixei o resto da explicação para o operário.

— É... É assim, um quadro onde se juntam várias linhas de telefone. Como se fosse... Como se fosse uma mamãe cachorro, com vários filhotes embaixo dela. Deu pra entender, né?

— ?

— Não deu.

— Tá... Bom, aí a mamãe cachorro cuida dos cachorrinhos. Se a mamãe morrer, os filhotes morrem também. Então, quando a mamãe começa a morrer, a gente vem e troca por uma nova.

— Uau!

— Que incrível!

Eu também fiquei admirado.

— E é por isso que estou aqui hoje. Sinto muitíssimo por ter incomodado o descanso das senhoras.

— Não tem problema!

— Quero ver como é a troca.

Aliviado, o homem secou o suor do rosto com sua toalhinha e olhou ao redor.

— Bom, primeiro tenho que encontrar o quadro.

— Mas isso é fácil! — disse a da direita.

— Ele fica no fundo do armário — continuou a da esquerda.

Fiquei muito surpreso.

— Ei, como vocês sabem disso? Nem eu sabia!

— Ué, a gente tá falando do quadro de distribuição, não é?

— Ele é famoso!

— Isso é demais para mim... — disse o operário.

*

O serviço em si demorava só dez minutos, mas as gêmeas passaram todo o tempo cochichando e rindo, com as cabeças encostadas. Graças a isso, o operário errou várias vezes as conexões. Quando ele terminou, as duas vestiram os moletons e as calças jeans, se remexendo embaixo das cobertas, e foram para a cozinha fazer um café para todos nós.

Ofereci ao homem um resto de doce folhado. Ele aceitou muitíssimo contente e comeu junto com o café.

— Me desculpe, é que ainda não comi nada hoje.

— Você não é casado? — perguntou a 208.

— Sou sim, mas é que no domingo de manhã ela nunca quer levantar...

— Coitado! — disse a 209.

— Não é como se eu trabalhasse no domingo porque gosto, sabe?

— Quer um ovo cozido? — perguntei, compadecido.

— Ah, não precisa. Não quero dar trabalho para o senhor.

— Não tem problema — respondi. — De qualquer jeito, vou fazer pra gente.

— Bom, então eu aceito. Com a gema um pouco mole...

O homem continuou falando enquanto descascava seu ovo cozido.

— Eu entro na casa das pessoas já faz vinte e um anos, mas é a primeira vez que vejo isso.

— Isso, o quê? — perguntei.
— Bem, ahn... alguém dormindo com duas gêmeas, sabe. Deve ser difícil para o senhor, não é?
— Não muito — respondi, servindo a segunda xícara de café.
— Mesmo?
— Mesmo.
— Ele é incrível — disse a 208.
— É uma fera — disse a 209.
— Isso é demais para mim... — disse o homem.

*

Acho que ele realmente achava que aquilo era demais para ele, tanto é que foi embora deixando para trás o quadro de distribuição antigo. Ou talvez fosse uma retribuição pelo café da manhã. Seja como for, as gêmeas passaram o dia inteiro brincando com o quadro. Se revezavam fazendo a mamãe cachorro e o filhote, e eu não entendia uma palavra do que estavam falando.

Não prestei mais atenção a elas e passei a tarde trabalhando em uma tradução que tinha levado para fazer em casa. Os estudantes que me ajudavam rascunhando as traduções estavam no período de provas, então eu estava com muito serviço acumulado. Até que o trabalho estava andando bem, mas lá pelas três da tarde a minha bateria começou a diminuir e, às quatro, acabou de vez. Não consegui escrever nem mais uma linha.

Desisti e, com os cotovelos apoiados no vidro que cobria a escrivaninha, fumei um cigarro olhando para o teto. A fumaça parecia um ectoplasma, circulando devagar pelo ar tranquilo da tarde. Entre o vidro e a escrivaninha havia um pequeno calendário, brinde de um banco. Setembro de 1973. Parecia um sonho. Quem poderia imaginar que um ano desses existiria *de verdade*? Eu nunca tinha pensado sobre isso. Por algum motivo, a ideia me pareceu muito engraçada, e eu ri sozinho.

— O que foi? — perguntou a 208.
— Acho que estou cansado. Vamos tomar um café?
As duas concordaram e foram para a cozinha. Enquanto uma moía os grãos, a outra fervia a água e esquentava as xícaras. Sentamos os três juntos no chão perto da janela para beber o café.
— Não está dando certo? — perguntou a 209.
— Acho que não...
— É que ele está falhando.
— Ele quem?
— O quadro de distribuição.
— A mamãe cachorro.
Soltei um suspiro pesaroso.
— Você acham, mesmo?
Elas assentiram.
— Ele está morrendo.
— É.
— E o que eu devia fazer?
As duas sacudiram a cabeça.
— Não sei.
Fumei um cigarro em silêncio.
— Vamos dar uma volta no campo de golfe? Hoje é domingo, deve ter várias bolas perdidas.
Jogamos gamão por quase uma hora, depois pulamos o alambrado e caminhamos ao crepúsculo pelo campo de golfe deserto. Assobiei duas vezes "It's so peaceful in the country", da Mildred Bailey. Que música bonita, elogiaram elas. Mas não encontramos nenhuma bola perdida. Tem dias assim. Vai ver todos os jogadores de baixo handicap de Tóquio tinham se reunido ali para uma partida. Ou quem sabe o pessoal do campo tinha arranjado um beagle especializado em buscar bolas perdidas. Voltamos para casa, frustrados.

4

O farol marítimo se erguia solitário na ponta de um píer comprido e sinuoso. Não era muito alto, tinha cerca de três metros de altura. Antes de o mar ficar poluído e os peixes desaparecerem por completo da costa, ele guiava alguns barcos pesqueiros. Não havia um porto propriamente dito, só uma estrutura simples de madeira armada na praia, em forma de trilho, pela qual os pescadores içavam seus barcos usando uma manivela e uma corda. Perto da praia havia umas três cabanas onde moravam os pescadores e, de manhã, via-se do lado de dentro do quebra-mar caixas de madeira repletas de pequenos peixes secando.

Os pescadores abandonaram essa região por três motivos: o desaparecimento dos peixes, as reclamações sem sentido dos moradores, dizendo que não era apropriado haver uma vila de pescadores em uma área residencial urbana, e o fato de as cabanas serem ocupações ilegais em um terreno público. Isso foi em 1962. Ninguém sabe para onde eles foram. Suas cabanas foram postas abaixo num instante, e seus barcos carcomidos, sem utilidade nem um lugar para serem descartados, foram parar dentro do bosque perto da praia, onde viraram cenário para brincadeira das crianças.

Depois que os barcos pesqueiros se foram, as únicas embarcações que talvez usassem o farol eram os iates que vagavam à toa pela costa ou os navios cargueiros que, fugindo de nevoeiros ou tufões, ancoravam fora do porto. Se é que alguém ainda o usava.

Era um farol achatado e largo, cujo formato lembrava um sino ou as costas de um homem sentado, pensativo. Quando o sol estava quase terminando de desaparecer e o azul da noite começava a se infiltrar por entre os últimos raios, uma luz alaranjada se acendia na ponta do farol, onde ficaria a alça do sino, e começava a girar devagar. Ele sempre acertava esse momento preciso do crepúsculo. Fosse um pôr do sol espetacular ou uma tarde escura de garoa, o farol sempre acendia no mesmo instante quando, no oscilar de luz e escuridão, a escuridão começava a ganhar.

Quando era menino, o Rato costumava ir até a praia ao entardecer só para ver esse instante. Nas tardes de poucas ondas, ele caminhava até a ponta do píer contando as pedras do pavimento. Pela superfície da água surpreendentemente clara dava para ver os cardumes de peixes miúdos do começo de outono. Eles desenhavam vários círculos ao lado do farol, como se buscassem por algo, e então partiam para alto-mar.

Quando alcançava o farol, ele se sentava na beirada do píer e olhava devagar ao seu redor. No céu, preenchido por um azul intenso até onde a vista alcançava, corriam nuvens finas como traçadas por pincéis. O azul era infinitamente profundo, tão profundo que fazia as pernas do jovem fraquejarem com um temor admirado. O cheiro da maresia, as cores do vento, tudo era de uma nitidez espantosa. Sem pressa, ele esperava até se habituar, pouco a pouco, com essa paisagem. Só então se virava devagar para trás. E olhava para seu próprio mundo, separado dele pelo mar profundo. O branco da areia e do quebra-mar de concreto, o verde esparramado do bosque de pinheiros e, ao fundo, a linha precisa das montanhas se erguendo em direção ao céu.

Do lado esquerdo, ao longe, havia um porto gigantesco. O Rato conseguia enxergar muitos guindastes, docas flutuantes, armazéns em forma de caixas, navios cargueiros e prédios altos. Do lado direito, acompanhando a orla que se curvava num arco para dentro do continente, havia uma área residencial tranquila, depois um ancoradouro de iates, antigos depósitos de bebidas e, para além deles, os tanques cilíndricos e as chaminés compridas de uma zona industrial, cuja fumaça difusa embaçava o céu. Este era, para o Rato de dez anos de idade, o fim do mundo.

Durante toda a infância o Rato frequentou esse farol, desde a primavera até o começo do outono. Nos dias de ondas fortes o borrifo do mar molhava seus pés, o vento rugia sobre sua cabeça e ele escorregava inúmeras vezes nas pedras cheias de limo. Ainda assim, aquele caminho até o farol era o lugar mais familiar e querido que ele tinha. Sentava-se na beirada do píer, escutava com atenção o som das ondas, observava as nuvens no céu e os cardumes de pequenos peixes, lançava ao mar pequenos pedregulhos que trazia nos bolsos.

Quando o crepúsculo começava a tingir o céu, o Rato traçava novamente seu caminho, retornando ao seu próprio mundo. Nesse caminho de volta, uma tristeza nebulosa sempre invadia seu peito. Aquele mundo que esperava seu retorno era vasto demais, poderoso demais, e ali ele não encontrava nenhum lugar para se refugiar.

A casa da mulher ficava próxima ao farol. Sempre que ele a visitava, se lembrava desses sentimentos vagos da infância, do perfume do anoitecer. Parava o carro na orla e atravessava o esparso bosque de pinheiros, plantados para impedir que a areia soprasse da praia. Os grãos de areia roçavam seus pés com um som seco.

O pequeno prédio fora construído na área onde antes ficavam as cabanas dos pescadores. Se você cavasse alguns metros naquele terreno, provavelmente brotaria do chão uma água salobra cor de ferrugem. As flores de cana-da-índia plantadas no jardim diante do prédio estavam murchas como se tivessem sido pisoteadas. A mulher morava no segundo andar, e quando o vento estava forte a areia tamborilava sobre o vidro da sua janela. Era um apartamento bem-arrumado e voltado para o sul, mas pairava nele um ar meio melancólico. É por causa do mar, disse ela. É perto demais. O cheiro de maresia, o vento, o barulho das ondas, o cheiro de peixe... É tudo perto demais.

— Aqui não tem cheiro nenhum de peixe — disse o Rato.
Tem sim, disse ela, puxando o fio da persiana e fechando-a com um baque. Se você morasse aqui, também ia perceber.
A areia batia contra a janela.

5

No prédio em que eu morei nos tempos de faculdade, ninguém tinha telefone. Desconfio que muitos não tinham nem mesmo uma borracha, para falar a verdade. Na frente da sala do zelador tinha uma pequena carteira escolar roubada de uma escola primária ali perto e, sobre ela, um telefone público. Este era o único aparelho de telefone existente no prédio, então ninguém se preocupava com quadros de distribuição. Eram tempos de paz, num mundo de paz.

Nunca aconteceu de o zelador estar, de fato, na sua sala. Então, quando esse telefone tocava, algum dos moradores tinha que atender e correr atrás da pessoa para quem fosse a ligação. Claro que havia vezes (quando ligavam às duas horas da manhã, por exemplo) em que ninguém se animava a atender. Nesses casos, o telefone gritava como louco por algum tempo, como um elefante pressentindo sua morte (o recorde que eu registrei foram trinta e dois toques) e então morria. Era literalmente isso, "morria". Quando o último toque atravessava o longo corredor e era engolido pelas trevas, o silêncio envolvia tudo subitamente. Era uma calma realmente sinistra. Debaixo de seus cobertores, todos prendiam a respiração e pensavam sobre a ligação falecida.

Os telefonemas do meio na noite eram sempre sombrios. Alguém atendia e conversava em voz baixa:

— Esquece essa história... Não, não é isso... Mas agora não tem mais jeito, tem? ... Não estou mentindo. Por que é que eu ia mentir? ... Não, só estou cansado... Eu me sinto mal, claro... E é por isso que... Tá, tá bom, entendi... Mas posso pensar mais um pouco? ... É difícil explicar pelo telefone.

Todos ali pareciam estar no limite dos problemas que conseguiam carregar. Os problemas caíam do céu como uma chuva, e nós corríamos por aí entusiasmados, recolhendo-os do chão e enfiando todos no bolso. Até hoje não consigo entender por que a gente fazia isso. Talvez a gente achasse que eles eram alguma outra coisa.

Também chegavam telegramas. Lá pelas quatro da manhã, uma moto parava diante da porta do prédio, alguém atravessava o corredor com passos ríspidos e batia contra uma das portas com o punho fechado. Esse som sempre me fazia pensar na chegada da Morte em pessoa. *Bam, bam, bam.* Todas as pessoas se infernizavam mutuamente — tirando a própria vida, perdendo a cabeça, abandonando seus corações em algum canto esquecido do tempo, incendiando seus corpos em paixões infrutíferas. Foi assim o ano de 1970. Caso os seres humanos sejam realmente criaturas destinadas a se aprimorar dialeticamente, esse foi, sem dúvida, um ano repleto de ensinamentos.

*

Eu morava no apartamento ao lado da sala do zelador, e a menina de cabelos compridos morava no primeiro andar, ao lado da escada. Ela era a campeã de todo o prédio em número de ligações recebidas, o que me obrigou a subir e descer os quinze degraus escorregadios daquela escada milhares e milhares de vezes. Ela recebia ligações dos mais diversos tipos. Vozes educadas, vozes burocráticas, vozes tristes, vozes arrogantes, todas me dizendo o nome da menina. Eu já esqueci por completo como ela se chamava. Só lembro que era um nome lamentavelmente medíocre.

Ela sempre falava ao telefone com uma voz baixa e exausta, um cochicho quase inaudível. Tinha um rosto bonito, porém um tanto quanto melancólico. Nos cruzamos algumas vezes na rua, mas nunca falamos nada. Ela andava com a expressão de quem atravessava uma trilha no fundo da selva, montada em um elefante branco.

*

A menina morou naquele apartamento por seis meses. Do começo do outono até o final do inverno. Eu atendia o telefone, subia as escadas, batia na sua porta dizendo "Telefone!" e um instante depois ela respondia "Obrigada". Ela nunca me disse nada a não ser "Obrigada". Por outro lado, eu nunca lhe disse nada a não ser "Telefone!".

Para mim, essa também foi uma época solitária. Quando eu tirava a roupa, ao chegar em casa, sentia que os ossos de todo o meu corpo queriam rasgar a pele e voar longe. Uma força desconhecida habitava em mim e me empurrava na direção errada, querendo me carregar para algum outro mundo.

Quando o telefone tocava, eu pensava: tem alguém querendo contar algo para outra pessoa. Eu mesmo quase nunca recebia ligações. Não havia mais ninguém que quisesse me contar alguma coisa e, certamente, ninguém queria me dizer aquilo que eu desejava ouvir.

Em maior ou menor grau, todos estavam começando a viver sua vida de acordo com seus próprios sistemas. Quando esses sistemas eram diferentes demais do meu, eu ficava irritado. Se fossem parecidos demais, eu ficava triste. Era só isso.

*

A última vez que atendi um telefonema para ela foi no final daquele inverno. Era uma manhã de sábado no começo de março, de céu límpido. Digo manhã, mas já passava das dez e os raios de sol espalhavam a luz cristalina do inverno por todos os cantos do meu pequeno quarto. Sentado num canto da cama, eu olhava para a plantação de repolhos embaixo da janela quando o som do telefone ecoou no fundo da minha mente. Na plantação, brilhavam aqui e ali restos de neve não derretida, como poças d'água. Era a última neve daquele ano, trazida pela última frente fria.

O telefone tocou umas dez vezes e parou, sem que ninguém atendesse. E então, depois de cinco minutos, começou a tocar novamente. Mal-humorado, botei uma malha por cima do pijama, abri a porta e atendi.

— A... está, por favor? — disse uma voz de homem.

Era uma voz monótona, sem entonação. Respondi qualquer coisa, subi as escadas devagar e bati na porta dela.

— Telefone!

— ... Obrigada.

Voltei para o quarto, deitei na cama e olhei para o teto. Ouvi seus passos descendo a escada e a mesma voz cochichada de sempre. Foi uma ligação bem curta, para ela. Não mais que quinze segundos. Ouvi o telefone ser colocado de volta no gancho e depois disso mais nada, nem passos.

Depois de algum tempo, escutei passos vindo em direção ao meu quarto e alguém bateu na minha porta. Duas batidas de cada vez, entremeadas pelo tempo de uma respiração profunda.

Abri a porta e a encontrei parada, vestindo um suéter grosso de lã branca e calças jeans. Por um instante achei que eu tinha passado a ligação para a pessoa errada, mas ela não disse nada. Só ficou me olhando, apertando os braços cruzados e tremendo de leve. Era o olhar de alguém que, agarrado a uma prancha salva-vidas, assistia a um navio afundando. Não, talvez fosse o contrário.

— Posso entrar? Estou congelando aqui.

Sem entender nada, eu a deixei entrar e fechei a porta. Ela se sentou à frente do aquecedor a gás, estendeu as mãos para o fogo e correu os olhos pelo quarto.

— Nossa, que quarto vazio!

Eu concordei com a cabeça. Não tinha nada, mesmo. Só uma cama ao lado da janela. Grande demais para ser uma cama de solteiro, pequena demais para ser uma cama de viúva. Nem essa cama eu tinha comprado, foi um conhecido que me deu. Não faço ideia por que ele deixou a cama para mim, eu nem era particularmente próximo a ele. A gente quase nunca tinha se falado. Ele era filho de uma família rica do interior, mas levou uma surra do pessoal de um outro grupo político no pátio da faculdade, tomou um chute de coturno na cara e ficou com a visão prejudicada, então largou a faculdade. Eu o levei até a enfermaria e ele soluçou durante todo o caminho, o que me deixou irritado. Depois de alguns dias, me contou que ia voltar pro interior. E me deu sua cama.

— Tem alguma coisa quente pra beber? — perguntou ela.

Sacudi a cabeça e disse que não tinha nada. Não tinha café, nem chá preto, nem um chá verde barato, nem mesmo uma chaleira. Tudo o que eu tinha era uma pequena panela, na qual eu esquentava água todas as manhãs para fazer a barba. Ela suspirou, se levantou e saiu do quarto, me dizendo para esperar um pouco. Depois de cinco minutos, voltou carregando nos braços uma caixa de papelão. Dentro dela havia chá preto em saquinhos e folhas de chá verde suficientes para meio ano, dois pacotes de biscoitos, açúcar cristal, uma chaleira elétrica e um conjunto de louças, mais dois copos de plástico decorados com desenhos do Snoopy. Ela largou a caixa sobre a cama e pôs água para esquentar na chaleira.

— Como é que você vive desse jeito? Parece o Robinson Crusoé!

— Não é tão divertido assim.

— Imagino que não.

Tomamos o chá preto em silêncio.

— Pode ficar com tudo isso.

Eu engasguei com o chá.

— Por quê?

— Como agradecimento, por você ter atendido o telefone pra mim tantas vezes.

— Mas você deve precisar dessas coisas!

Ela sacudiu a cabeça.

— Vou me mudar amanhã. Então não preciso de mais nada.

Eu me calei e refleti por algum tempo, mas não consegui imaginar o que poderia ter acontecido com ela.

— É uma boa notícia? Ou é ruim?

— Não é muito boa, não... Afinal, vou ter que largar a faculdade e voltar pra minha cidade.

Por um momento, a luz do inverno que preenchia o quarto diminuiu, depois clareou novamente.

— Mas você não deve querer ouvir sobre isso. Se fosse eu, não ia querer. Imagina, ficar usando a louça de alguém que me contou um monte de histórias deprimentes e foi embora.

No dia seguinte, caía uma chuva gelada desde cedo. Uma chuva fina, mas que atravessou minha capa de chuva e encharcou minha malha. Também escureceu o baú volumoso que eu carregava, a mochila e a mala que ela levava. O taxista reclamou, mal-humorado, que não era para colocarmos as malas no banco. Dentro do táxi o ar estava abafado pelo aquecedor e cheirava a cigarro, e o rádio tocava uma música antiga. Uma música tão velha quanto carros com setas manuais. Ao lado das ruas, as árvores sem folhas lembravam corais no fundo do mar, espalhando seus galhos úmidos.

— Desde que cheguei, nunca gostei da paisagem de Tóquio.

— É?

— A terra é escura demais, os rios são sujos demais, não tem montanhas... E você, o que acha?

— Eu nunca liguei muito pra paisagem...

Ela suspirou e riu.

— Do jeito que você é, acho vai conseguir sobreviver bem aqui.

Quando apoiamos as malas na plataforma da estação, ela se voltou para mim e agradeceu por tudo.

— Daqui eu consigo seguir sozinha.

— Pra onde você vai?

— Bem pro norte.

— Deve estar frio por lá.

— Tudo bem, estou acostumada.

Quando o trem saiu, ela acenou da janela. Eu também ergui a mão num aceno, até a altura da orelha. Depois que o trem desapareceu, fiquei sem saber o que fazer, então botei as mãos no bolso.

A chuva continuou até depois do anoitecer. Eu comprei duas cervejas num bar perto de casa e bebi usando um dos copos que ela deixara. Quase congelou minhas entranhas. Os copos tinham um desenho do Snoopy e do Woodstock se divertindo em cima da casinha de cachorro, com um balão no alto:

"A felicidade é ter um amigo caloroso."

*

Quando acordei, as gêmeas dormiam profundamente. Três horas da manhã. Pela janela do banheiro dava para ver a lua de outono, extraordinariamente brilhante. Tomei dois copos de água sentado na beirada da pia da cozinha e acendi um cigarro numa das bocas do fogão. No gramado do campo de golfe, iluminado pelo luar, as vozes de milhares de insetos da estação se levantavam em uníssono.

Peguei o quadro de distribuição que estava escorado contra a lateral da pia e o examinei minuciosamente. Por mais que eu o revirasse, não passava de uma placa encardida e sem sentido. Desisti, apoiei o quadro de volta onde estava, limpei a poeira das mãos e traguei o cigarro. A luz da lua deixa tudo azulado. Nada parece ter valor, nem sentido, nem direção. Até as sombras são imprecisas. Amassei o cigarro na pia e acendi outro logo em seguida.

Até onde será que eu precisava ir para encontrar meu lugar? Que tipo de lugar seria esse? A única imagem que me ocorreu, depois de pensar por muito tempo, foi um avião torpedeiro de dois assentos. Mas era uma ideia idiota. Para começo de conversa, havia mais de trinta anos os torpedeiros eram só uma tralha obsoleta.

Voltei para a cama e me espremi entre as gêmeas. As duas ressonavam, viradas para os lados de fora da cama, com as costas encurvadas. Eu puxei as cobertas e olhei para o teto.

6

A mulher fechou a porta do banheiro. Pouco depois, a água do chuveiro começou a correr.

O Rato se ergueu entre os lençóis e, tentando controlar seus sentimentos, botou um cigarro na boca e procurou o isqueiro. Não encontrou na mesa nem no bolso da calça. Não tinha nem uma caixa de fósforos. Também não havia nada do gênero dentro da bolsa dela. Contrariado, ele acendeu a luz do quarto e revirou todas as gavetas da escrivaninha até achar uma velha cartelinha de fósforos de algum restaurante e acender o cigarro.

Na cadeira de vime ao lado da janela estavam dobradas com cuidado a meia-calça e a lingerie da mulher e, pendurado no encosto, um vestido bem-feito, cor de mostarda. No criado-mudo estavam, lado a lado, um relógio de pulso e uma bolsa La Bagagerie, não muito nova, mas bem cuidada.

O Rato sentou na cadeira de vime oposta e olhou distraído pela janela, com o cigarro entre os lábios.

Do seu apartamento no meio da montanha dava para ver claramente a interferência humana que se espalhava lá embaixo. Às vezes, ele passava horas observando a vista. As mãos na cintura, concentrado, como um jogador de golfe no alto de um morro se preparando para uma jogada. A encosta descia num ângulo suave, reunindo as luzes esparsas das casas. Havia bosques escuros, pequenas colinas e, aqui e ali, lâmpadas de mercúrio refletidas na superfície de piscinas particulares. Na altura em que a inclinação da encosta começava a suavizar, serpenteava uma rodovia, como um cinto de luz sobre a terra. A planície entre a rodovia e o mar era coberta por um padrão regular de ruas. E depois dela havia a escuridão do mar, que se transformava, sem distinção, na escuridão do céu. No meio desse breu a luz laranja do farol acendia, apagava e acendia novamente. O rio, como um escuro corredor de golfe, atravessava todas essas regiões.

*

O Rato conheceu a mulher no começo de setembro, quando o céu ainda guardava certo brilho do verão. Na seção semanal de classificados do jornal local, entre cercadinhos para bebê, cursos de idiomas Linguaphone e bicicletas infantis, ele encontrou o anúncio de uma máquina de escrever elétrica. A mulher atendeu ao telefone e disse, num tom burocrático: um ano de uso, mais um ano de garantia, não parcelo, o senhor precisa retirar aqui. Eles concluíram as negociações, o Rato dirigiu até a casa dela, pagou e recebeu a máquina. O preço era quase exatamente a quantia que ele tinha ganhado fazendo alguns bicos durante o verão.

A mulher era pequena e esguia e usava um bonito vestido sem mangas. O corredor do seu apartamento estava repleto de vasos com plantas ornamentais de tamanhos e formas variados. Ela tinha feições agradáveis e o cabelo preso em um rabo de cavalo. Era difícil adivinhar sua idade. Poderia ter qualquer coisa entre vinte e dois e vinte e oito anos.

Dali a três dias ela telefonou para dizer que tinha meia dúzia de fitas para a máquina, caso ele quisesse. O Rato foi buscar as fitas e aproveitou para convidar a mulher para o J's Bar; lá, como retribuição pelas fitas, ele pagou vários drinks a ela. A conversa não fluiu particularmente bem.

A terceira vez que eles se encontraram foi quatro dias depois disso, numa piscina coberta dentro da cidade. O Rato deu uma carona para a mulher até sua casa, e dormiu com ela. Nem ele mesmo sabia como isso tinha acontecido. Não se lembrava nem sequer qual dos dois tinha feito o convite. Deve ter sido o desenrolar natural das coisas.

Alguns dias mais tarde, a relação com a mulher já conquistara um espaço dentro do Rato, como uma cunha delicadamente inserida no meio do seu cotidiano. Bem devagar, alguma coisa o atingia. Ao se lembrar dos braços finos dela agarrados ao seu corpo, sentia se espalhar pelo peito uma ternura que estava esquecida havia muito.

Dava para ver que ela se esforçava para alcançar, ao máximo possível, certa perfeição dentro do seu pequeno mundo. O Rato sabia que esse esforço não era trivial. Ela sempre usava vestidos discretos mas de bom gosto e lingeries novas, todas as manhãs passava uma água de colônia perfumada como um vinhedo, escolhia as palavras cuidadosamente, não fazia perguntas demais e usava um sorriso praticado à exaustão diante do espelho. Tudo isso entristecia um pouco o Rato. Depois de encontrá-la algumas vezes, ele concluiu que ela tinha vinte e sete anos. E estava certo, nem um ano a mais ou a menos.

Ela tinha os seios pequenos, e seu corpo esbelto, sem nenhuma carne em excesso, era bronzeado. O tipo de bronzeado que diz "na verdade, eu nem queria me bronzear...". Seus lábios finos e maçãs do rosto salientes passavam uma impressão de refinamento e força de caráter, mas as pequenas mudanças de expressão que agitavam sua face revelavam, por trás disso, uma inocência indefesa.

Me formei como arquiteta em uma faculdade de artes plásticas e agora trabalho em um escritório de arquitetura, disse ela. Onde ela tinha nascido? Não foi aqui, respondeu ela. Vim pra cá depois de me formar. Ela nadava na piscina uma vez por semana, e nas noites de domingo pegava o trem e ia fazer aula de viola de arco.

Uma vez por semana, nas noites de sábado, os dois se encontravam. Nos domingos, o Rato passava o dia todo à toa, distraído, enquanto ela tocava Mozart.

7

Eu fiquei três dias gripado, sem trabalhar, e agora tinha uma montanha de serviço acumulado. Minha boca estava áspera de tão seca e parecia que alguém tinha passado uma lixa grossa por todo o meu corpo. Panfletos, documentos, folhetos e revistas formavam pilhas pela minha mesa como formigueiros. Meu sócio apareceu, murmurou qualquer palavra de conforto na minha direção e voltou para sua sala. A menina trouxe uma xícara de café quente e duas bisnaguinhas, colocou tudo sobre a mesa como sempre fazia e desapareceu. Eu tinha me esquecido de comprar cigarros, então pedi um maço de Seven Stars para o meu sócio, arranquei o filtro de um deles e o acendi do lado oposto. O céu estava turvo e nublado, era impossível distinguir as nuvens e o ar. Pairava um cheiro como o de folhas úmidas caídas sendo queimadas. Ou talvez isso também fosse efeito da febre.

    Eu respirei fundo e dei início à demolição do formigueiro mais próximo de mim. Todos os documentos tinham um carimbo de URGENTE, com o prazo final escrito abaixo em hidrográfica vermelha. Felizmente, apenas este formigueiro era urgente. Melhor ainda, nenhum daqueles documentos precisava estar pronto em dois ou três dias. Todos tinham prazos para dali a uma ou duas semanas, então, passando metade deles para os freelancers, ia dar para resolver tudo. Examinei os documentos e os empilhei novamente, na ordem em que iria lidar com cada um. O resultado foi um formigueiro muito mais instável do que antes. Parecia um daqueles gráficos do índice de apoio ao governo, separados por gênero e idade, que ocupam páginas inteiras nos jornais. E não era só a forma, os conteúdos também formavam uma combinação emocionante.

1. AUTOR: Charles Rankin
   TÍTULO: *Perguntas sobre ciência (Animais)*
   TAMANHO: Da p. 68 "Por que os gatos lavam o rosto?" até p. 89 "Como os ursos pescam peixes?"
   PRAZO: 12 de outubro

2. AUTOR: Sociedade Americana de Enfermagem
   TÍTULO: *Dialogando com doentes terminais*
   TAMANHO: Completo (16 páginas)
   PRAZO: 19 de outubro

3. AUTOR: Frank DeSito Jr.
   TÍTULO: *Um estudo patográfico da vida dos escritores*, capítulo 3: "Escritores e a alergia a pólen"
   TAMANHO: Completo (23 páginas)
   PRAZO: 23 de outubro

Era realmente uma pena que o nome do cliente que pediu cada serviço não estivesse registrado. Eu não conseguia imaginar que tipo de gente poderia querer esses textos traduzidos (e com urgência, ainda por cima!), nem por quê. Talvez tivesse um urso plantado na margem de algum rio, esperando ansiosamente pela minha tradução. Ou uma enfermeira esperando, sem dizer uma única palavra, diante de um paciente terminal.

Joguei sobre a mesa a foto de um gato limpando a própria cara, tomei o café e comi só uma das bisnaguinhas, que tinha gosto de massinha de modelar. Minha cabeça estava começando a desanuviar um pouco, mas eu ainda sentia nas extremidades do corpo o torpor da febre. Tirei um canivete da gaveta, gastei um longo tempo apontando, minuciosamente, seis lápis HB, e então me pus, devagar, a trabalhar.

Trabalhei até a hora do almoço ouvindo uma fita cassete com velhas músicas do Stan Getz. Era uma banda incrível: Al

Haig, Jimmy Raney, Teddy Kotick e Tiny Kahn. Depois de acompanhar a fita assobiando inteirinho o solo do Getz em "Jumpin' with Symphony Sid", eu me senti muito melhor.

Na hora do almoço, comi um peixe à milanesa num restaurante lotado a uns cinco minutos do escritório, mais abaixo na ladeira. Depois tomei dois copos de suco de laranja, um em seguida do outro, numa barraca de hambúrguer. Na volta passei em um pet shop e brinquei por dez minutos com uns gatos abissínios, espremendo meu dedo por uma fresta no vidro. Um almoço comum.

Voltei para a minha sala e folheei distraído o jornal matinal até o relógio dar uma hora. Então me preparei para o trabalho da tarde: apontei novamente os seis lápis, tirei os filtros dos Seven Star restantes e os enfileirei sobre a mesa. A menina me trouxe uma xícara de chá verde quente.

— Como você tá?
— Nada mal.
— E o trabalho?
— Excelente.

O céu continuava nublado. O tom de cinza tinha escurecido um pouco desde a manhã. Botei a cabeça para fora da janela e senti um leve prenúncio de chuva. Vários pássaros de outono cruzavam o ar. O barulho violento da metrópole (a combinação de infinitos ruídos — os trens do metrô, o som de hambúrgueres fritando, dos carros nas vias expressas, das portas automáticas abrindo e fechando) rugia ao meu redor.

Fechei a janela e, ouvindo "Just friends", do Charlie Parker, comecei a traduzir o capítulo "Quando os pássaros migratórios dormem?".

Às quatro horas encerrei o trabalho do dia, entreguei os manuscritos à menina e saí para a rua. Preferi vestir uma capa de chuva fina que tinha deixado no escritório a ter que levar um guarda-chuva. Comprei o jornal vespertino na estação e sacolejei por uma hora dentro do trem lotado. Ainda não tinha caído nem uma gota, mas até o interior do trem já cheirava a chuva.

Quando eu estava terminando de comprar as coisas para o jantar no supermercado em frente à estação, finalmente começou a chover. Uma garoa fina, quase invisível, mas que tingia pouco a pouco o asfalto aos meus pés. Conferi o horário do ônibus no ponto e entrei num café ali perto. Ele estava lotado e, ali sim, podia se sentir o verdadeiro cheiro de chuva. A blusa da garçonete, a minha xícara de café, tudo recendia à chuva.

Aqui e ali, as lâmpadas dos postes ao redor do terminal de ônibus começaram a acender contra o crepúsculo, enquanto os ônibus iam e vinham como trutas gigantes num riacho. Funcionários de empresas, estudantes e donas de casa recheavam cada ônibus e desapareciam, cada um rumo à sua escuridão. Uma mulher de meia-idade passou diante da janela arrastando um pastor-alemão preto. Alguns alunos da escola primária iam pela rua batendo uma bola de borracha. Eu apaguei o quinto cigarro e tomei o último gole, já gelado, de café.

Então olhei atentamente para meu próprio rosto refletido na janela. Meus olhos estavam um tanto encovados por causa da febre. Nada grave. A barba rala do fim do dia começava a escurecer meu rosto. Também não era grave. Só que aquilo não parecia nem um pouco com a minha cara. Era a cara de um homem qualquer que se sentara no banco oposto ao meu, no trem rumo ao trabalho. Minha cara, meu espírito, não eram nada mais que um cadáver, sem sentido para ninguém. Meu espírito cruza com o espírito de alguém na rua. Opa, digo eu. Opa, diz a outra pessoa. Só isso. Ninguém acena. Ninguém olha para trás.

Se eu enfiasse uma flor de gardênia em cada ouvido e carregasse nadadeiras nas duas mãos, talvez algumas pessoas se voltassem para olhar. Mas seria só isso. Três passos depois, todo mundo já teria se esquecido. Os olhos das pessoas não estão vendo nada. Os meus também não. Me senti vazio. Talvez eu já não tivesse mais nada para dar.

*

As gêmeas estavam me esperando.

Entreguei a sacola de papel pardo do supermercado para uma delas e entrei no chuveiro ainda com o cigarro aceso na boca. Sem me ensaboar, fiquei olhando para a parede azulejada, sentindo a água do chuveiro cair sobre mim. O banheiro estava escuro, com as luzes apagadas, mas vi alguma coisa pairar sobre a parede por um tempo e desaparecer. Uma sombra que eu não podia mais tocar, nem chamar de volta.

Saí do chuveiro do jeito que entrei, sequei o corpo com a toalha e deitei na cama. Ela estava arrumada, com lençóis azul-turquesa recém-lavados, perfeitamente lisos. Fumando e olhando para o teto, relembrei os acontecimentos daquele dia. Enquanto isso as gêmeas cortavam legumes, refogavam a carne, cozinhavam o arroz.

— Quer uma cerveja? — perguntou uma.

— Ahã.

A que vestia a blusa 208 me trouxe uma cerveja e um copo na cama.

— E uma música?

— Seria bom…

Ela tirou da estante um disco de sonatas para flauta do Handel, colocou na vitrola e baixou a agulha. Eu tinha ganhado esse disco de uma namorada no dia dos namorados, havia muitos anos. Junto com a flauta doce, a viola e o cravo, eu ouvia o ruído da carne refogando na panela, como um baixo contínuo. Eu e minha namorada transamos muitas vezes enquanto esse disco tocava. Continuávamos abraçados até o disco acabar e continuar rodando em falso, com a agulha pulando.

Fora da janela, a chuva continuava a cair sobre o campo de golfe escuro. Quando eu terminei de tomar a cerveja e Hans-Martin Linde terminou de soprar a última nota da sonata em fá maior, a comida ficou pronta. No jantar daquele dia, nós três estávamos mais quietos que de costume. Como o disco já tinha acabado, os únicos sons na casa eram a chuva caindo sobre um toldo e nós três mastigando a carne. Quando terminamos, as gêmeas arrumaram a louça e fizeram café, em pé na cozinha. Tomamos o café quente, os três juntos. Era um café tão perfumado que parecia ter ganhado vida própria. Umas delas se levantou e colocou outro disco, *Rubber Soul*, dos Beatles.

— Eu não comprei esse disco! — exclamei, surpreso.

— A gente que comprou.

— Fomos juntando o dinheiro que você deu, aos poucos.

Sacudi a cabeça.

— Você não gosta dos Beatles?

Continuei em silêncio.

— Que pena. A gente achou que você ia ficar contente.

— Desculpa.

Uma se levantou, parou a música, espanou a poeira do disco e o guardou com cuidado na capa. Ficamos os três calados. Eu suspirei.

— Não queria ter falado assim — me desculpei. — Só estou meio irritado por causa do cansaço. Coloca de novo.

As duas se entreolharam e sorriram.

— Não precisa fazer cerimônia! A casa é sua, afinal.

— Não se preocupa com a gente.

— Coloca de novo.

No fim, tomamos café ouvindo os dois lados do *Rubber Soul*. Consegui me acalmar um pouco. As gêmeas também estavam felizes.

Depois do café, elas mediram minha temperatura. Cada uma encarou o termômetro várias vezes. Ele marcava 37,5, meio grau acima do que estava de manhã.

— É nisso que dá ir tomar banho daquele jeito.

— Melhor você deitar.

Elas estavam certas. Tirei a roupa e me enfiei na cama, levando comigo a *Crítica da razão pura* e um maço de cigarros. O cobertor tinha um leve cheiro de sol, e Kant estava brilhante como sempre, mas o cigarro tinha o gosto de uma bola de jornal úmido queimada num fogareiro. Larguei o livro e, escutando ao longe a voz das gêmeas, fechei os olhos e fui arrastado pela escuridão.

8

O cemitério se estendia por um planalto espaçoso próximo ao cume da montanha. Caminhos cobertos de cascalho miúdo se cruzavam ordenadamente por entre os túmulos, e os arbustos de azaleia, bem podados, pareciam carneiros pastando sobre a grama. Vários postes com lâmpadas de mercúrio, encurvados como brotos de samambaia, iluminavam cada canto com sua luz artificialmente branca.

O Rato tinha estacionado o carro dentro do bosque na extremidade sudeste do cemitério e, com o braço sobre os ombros da mulher, olhava a paisagem noturna que se estendia abaixo. A cidade parecia uma massa viscosa de luz despejada sobre um molde uniforme. Ou então restos de pó dourado derramado por uma mariposa gigante.

A mulher estava apoiada nele de olhos fechados, como se dormisse. Seu corpo pesava sobre o corpo do Rato, desde o ombro até abaixo das costelas. Era um peso estranho. Continha toda a existência de uma pessoa, de alguém que podia amar um homem, ter filhos, envelhecer e morrer. Com a mão livre, o Rato pegou o maço e acendeu um cigarro. Às vezes o vento do mar galgava a encosta abaixo e vinha agitar as agulhas dos pinheiros. Talvez ela tivesse adormecido de verdade. O Rato aproximou uma mão de seu rosto e pousou um dedo nos seus lábios finos. Podia sentir seu hálito úmido e quente.

Aquele lugar parecia mais uma cidade abandonada do que um simples cemitério. Mais de metade da área estava vazia, pois as pessoas que pretendiam se reunir ali continuavam vivas. Às vezes elas vêm aos domingos, trazendo a família, para conferir o local de seu sono eterno. Param um pouco acima no morro e olham o cemitério aos seus pés — ótimo, a paisagem é bonita, tem flores de todas as estações, o ar é puro, a grama também é bem cuidada, tem até irrigação, e nenhum vira-lata tentando roubar as oferendas. E o mais importante, pensam elas, é esta atmosfera alegre e revigorante. Satisfeitas com a situação, sentam nos bancos para comer seus lanches, antes de retornar para a correria do dia a dia.

Todo dia, de manhã cedo e no fim da tarde, o guarda aplainava os caminhos de cascalho, usando uma vara comprida com uma tábua na extremidade. E expulsava as crianças que vinham mexer com as carpas no lago central. Para completar, três vezes ao dia, às nove horas, ao meio-dia e às seis, alto-falantes espalhados por todo o cemitério tocavam uma versão de caixa de música da canção "Old Black Joe". O Rato não compreendia qual poderia ser o propósito de tocar música naquele lugar. Seja como for, a cena era um pequeno espetáculo, "Old Black Joe" tocando sobre um cemitério deserto às seis da tarde, quando o céu começava a escurecer.

Às seis e meia da tarde o guarda pegava um ônibus de volta para o mundo lá embaixo, e o cemitério era tomado por um silêncio absoluto. Então, vários casais vinham de carro para se abraçar ali. No verão, havia sempre vários desses carros sob o bosque.

O cemitério também tinha sido um lugar especial para a adolescência do Rato. Quando ele ainda era um estudante colegial que não podia dirigir, tinha levado muitas meninas ali na garupa da sua moto 2500cc, subindo pela rua ao longo do rio. E tinha abraçado cada uma delas vendo as mesmas luzes da cidade. Diversos perfumes passaram suavemente pelo seu nariz e desapareceram. Foram muitos sonhos, muitas tristezas, muitas promessas. No fim, tudo desaparece.

Se olhassem para trás, eles encontrariam a morte fincando suas raízes em vários cantos do terreno vasto. Vez ou outra o Rato caminhava à toa pelos vistosos caminhos de cascalho, de mãos dadas com uma menina. Cada um dos nomes e datas, cada uma das mortes que traziam consigo toda uma vida vivida, enfileirados a perder de vista como arbustos num jardim botânico. Para eles, não havia o alvoroço agitado do vento, não havia perfumes, nem tentáculos que eles pudessem estender para encontrar seu caminho nas trevas. Pareciam árvores à parte do tempo. Não tinham mais sentimentos nem as palavras para expressá-los, haviam deixado tudo isso a cargo dos que ainda viviam. O Rato e a menina voltavam para o bosque e se abraçavam com força. O vento salgado do mar, o cheiro das folhas das árvores, os grilos na relva... Ao seu redor havia somente as tristezas daquele mundo que ainda vivia.

— Dormi muito tempo? — perguntou ela.
   — Não — disse o Rato. — Quase nada.

9

Sempre a mesma repetição do dia anterior. Se você não fizesse uma dobra para marcar o tempo em algum lugar, um dia se confundia com o outro.

Aquele dia específico tinha um perfume intenso de outono. Terminei o trabalho no horário de sempre, voltei para casa e não encontrei as gêmeas. Me joguei na cama de meias e fumei um cigarro, absorto. Tentei pensar várias coisas, mas nada tomava forma dentro da minha cabeça. Suspirei, sentei na cama e encarei a parede oposta por algum tempo. Não tinha ideia do que fazer. Não dá para ficar olhando a parede desse jeito para sempre, falei para mim mesmo. Não adiantou. Meu orientador na faculdade tinha explicado bem o problema: o texto está bom, os argumentos são claros, só que você não tem um assunto. Era exatamente isso. Sozinho pela primeira vez em muito tempo, eu não sabia mais lidar comigo mesmo.

Era estranho. Eu já tinha passado muitos anos da minha vida sozinho. Acreditava que eu tinha me virado bastante bem durante esse tempo, mas já não me lembrava mais. Vinte e quatro anos inteiros não é um tempinho qualquer que se esqueça. Me sentia como quando você está procurando alguma coisa e de repente não sabe mais o que era. O que eu estava procurando, afinal? Um saca-rolhas, uma carta velha, um recibo, um cotonete?

Desisti e peguei o Kant sobre a escrivaninha, e então um bilhete caiu de dentro do livro. Na letra das gêmeas, ele dizia "Fomos passear no campo de golfe". Fiquei preocupado. Eu tinha falado para elas não irem para lá sem mim. O campo de golfe ao entardecer pode ser um lugar perigoso para quem não está acostumado. Você nunca sabe quando uma bola pode voar na sua direção.

    Calcei meus tênis, joguei um moletom nos ombros, saí de casa e pulei a cerca do campo. Caminhei pelas colinas suaves, passei pelo buraco número doze, pelo caramanchão onde os jogadores descansavam, atravessei o bosque. O sol poente era filtrado pelas árvores no lado oeste do campo e caía sobre o gramado. Em um bunker em forma de haltere perto do buraco número dez, encontrei jogado sobre a areia um pacote vazio de biscoitos de café, provavelmente largado pelas gêmeas. Amassei o pacote e enfiei no bolso, depois desci do bunker caminhando de costas, para apagar os três grupos de pegadas. Atravessei a pequena ponte de madeira sobre o riacho e, ao subir uma colina, encontrei as gêmeas. Elas estavam sentadas lado a lado na escada rolante a céu aberto do lado oposto da colina, jogando gamão.

— Eu não falei que é perigoso vocês virem sozinhas?

— É que o pôr do sol tava tão bonito! — desculpou-se uma.

Descemos a escada e nos sentamos num gramado coberto de eulálias para assistir ao poente colorido.

— E também não pode jogar lixo no bunker, viu!

— Desculpa — disseram as duas.

— Uma vez eu me machuquei num tanque de areia. Quando eu estava no primário. — Mostrei o indicador da mão esquerda pras duas. Ele tinha uma cicatriz fina de uns sete milímetros, como um fiapo. — Alguém tinha enterrado uma garrafa quebrada de refrigerante.

As duas assentiram.

— Claro que ninguém vai se cortar num pacote de biscoito. Mas a gente não deve largar nada na areia. Os tanques de areia são lugares sagrados e puros.

— Tá bom — disse uma.

— Vamos tomar cuidado — disse a outra. — Você tem algum outro machucado?

— Claro!

Mostrei e elas todas as cicatrizes do meu corpo. Ele parecia um catálogo de machucados. Primeiro, no olho esquerdo, isso foi de uma bolada num jogo de futebol. Minha retina ainda tinha sequelas. Esse também foi no futebol. Fui dar uma cabeçada e bati contra os dentes de outro cara. Também levei sete pontos no lábio inferior quando caí de bicicleta. Tive que desviar de um caminhão... E também teve o dente que quebrei apanhando...

Deitados sobre a grama gelada, ficamos escutando o farfalhar das eulálias que se agitavam ao vento.

Depois que o sol desapareceu por completo, voltamos para casa e jantamos. Tomei um banho e uma cerveja, e quando terminei estavam prontas três trutas assadas, acompanhadas por aspargos em conserva e agriões gigantescos. O sabor da truta era nostálgico, como uma trilha de verão na montanha. Comemos os peixes sem pressa, com esmero. Sobre os pratos sobraram só as espinhas das trutas e os talos do agrião gigante, grossos como lápis. As duas lavaram os pratos num instante e passaram um café.

— Vamos falar sobre o quadro de distribuição — disse eu. — Fiquei encafifado com isso.

As duas concordaram.

— Por que será que ele tá morrendo?

— Acho que já absorveu coisas demais.

— Deu *tilt*.

Pensei por algum tempo, com a xícara de café na mão esquerda e um cigarro na direita.

— O que vocês acham que a gente devia fazer?

— Ele vai voltar ao pó.

— Você já viu um gato com septicemia?

— Não... — respondi.

— Ele vai ficando duro que nem uma pedra, desde as extremidades. Demora muito, sabe? A última coisa que para é o coração.

Suspirei.

— Não queria deixar ele morrer.

— Eu sei como você se sente — disse uma delas. — Mas acho que era pesado demais pra você.

Elas falavam despreocupadas, como quem te diz, ah, esse ano não vai dar para ir esquiar porque nevou pouco. Resignado, tomei meu café.

10

Na quarta-feira, o Rato foi deitar às nove da noite e acordou de novo às onze. Depois disso, não conseguiu mais dormir de jeito nenhum. Alguma coisa pressionava sua cabeça, como um chapéu dois números menor. Uma sensação horrível. Ele desistiu, foi até a cozinha de pijama e tomou um copo de água gelada, num gole só. E pensou sobre a mulher. Parou diante da janela, buscou a luz do farol, acompanhou com o olhar o traço escuro do píer até chegar ao apartamento dela. Lembrou-se do som das ondas na noite escura, do som da areia que se chocava contra a janela. Ficou aborrecido consigo mesmo porque, por mais que pensasse, não avançava nem um centímetro.

Desde que conhecera a mulher, a vida do Rato se transformara numa repetição infinita da mesma semana. Ele não tinha a menor noção das datas. Que mês é esse? Talvez seja outubro. Não sei... Aos sábados ele se encontrava com a mulher, e durante os três dias seguintes, de domingo à terça, vivia absorto nas recordações desse encontro. As quintas e sextas-feiras, e metade dos sábados, ele dedicava aos planos para o próximo fim de semana. Só nas quartas é que ficava sem rumo, vagando ao léu. Não conseguia avançar nem retroceder. Quarta-feira...

Depois de fumar desatento por dez minutos, tirou o pijama, vestiu um casaco por cima da camisa e pegou seu carro na garagem subterrânea. Já passava da meia-noite e não havia quase ninguém pela cidade. Só os postes iluminando o asfalto negro. A porta do J's Bar também já estava fechada, mas ele a ergueu só até a metade, se esgueirou por baixo dela e desceu as escadas.

O J tinha acabado de pendurar as toalhas lavadas no encosto de uma dúzia de cadeiras e estava sentado no balcão, fumando.

— Posso tomar só uma cerveja?

— Claro — respondeu o J, bem-disposto.

Era a primeira vez que o Rato entrava no J's Bar já fechado. Todas as luzes estavam apagadas exceto a do balcão e não se ouvia o ruído do exaustor nem do ar-condicionado. Restava somente o odor que já penetrara no chão e nas paredes ao longo dos anos.

O Rato passou para trás do balcão, pegou uma cerveja na geladeira e a serviu num copo. O ar entre as mesas parecia estagnado em várias camadas distintas. Estava abafado e úmido.

— Hoje eu não ia vir pra cá — desculpou-se o Rato. — Mas acabei acordando de novo e queria muito tomar uma cerveja. Vou embora num minuto.

O J dobrou o jornal sobre o balcão e espanou as cinzas de cigarro da calça.

— Pode beber com calma. Se tiver com fome, preparo alguma coisa.

— Ah, não se preocupa. Só a cerveja já tá bom.

A cerveja estava deliciosa. Ele virou um copo inteiro e suspirou. Então serviu a outra metade e ficou vendo a espuma assentar.

— Não quer beber comigo? — perguntou o Rato.

J sorriu um pouco sem jeito.

— Obrigado. Mas é que eu não consigo beber nem uma gota...

— Não sabia!

— Sempre fui assim, é de nascença. Não aguento nada.

O Rato assentiu várias vezes e tomou sua cerveja em silêncio. E se surpreendeu novamente com o quão pouco sabia sobre esse bartender chinês. Na verdade, ninguém sabia nada sobre o J. Ele era um sujeito tremendamente quieto. Nunca falava nada sobre si mesmo e, se alguém perguntasse, dava apenas respostas descompromissadas, como se abrisse uma gaveta com muito cuidado.

Todo mundo sabia que ele era chinês, nascido na China, mas ser estrangeiro não era incomum naquela cidade. Tinha dois chineses no time de futebol do Rato no colégio, um atacante e um zagueiro. Ninguém ligava.

— Vamos pôr uma música pra animar — disse o J, entregando a chave do jukebox para o Rato. Ele escolheu cinco músicas, voltou para o balcão e tomou o resto da cerveja. Uma velha canção de Wayne Newton soou nas caixas de som.

— Você não precisa voltar logo pra casa? — perguntou o Rato.

— Não tem problema. Não tem ninguém me esperando, mesmo.

— Você mora sozinho?

— Ahã.

O Rato tirou um cigarro do bolso, desamassou as dobras e acendeu.

— Tenho só um gato — disse J, de repente. — É um bicho velho, mas pelo menos dá pra conversar com ele.

— Você conversa?

J assentiu várias vezes.

— É, a gente tá junto faz muito tempo e já se conhece bem. Eu entendo o que ele sente, ele entende o que eu sinto.

O Rato grunhiu admirado, com o cigarro na boca. O jukebox fez seus barulhos mecânicos e começou a tocar "MacArthur Park".

— Me conta, o que é que um gato pensa, hein?

— Várias coisas... Que nem eu ou você.

— Coitado — disse o Rato, e deu risada.

J também riu. Passado um instante, correu os dedos sobre a madeira do balcão.

— Ele é maneta.

— Maneta? — repetiu o Rato.

— É, o gato. Ele é aleijado. Faz uns quatro anos, uma noite ele voltou pra casa todo ensanguentado. A sola da pata tava toda esmigalhada, parecia uma geleia.

O Rato apoiou o copo que tinha nas mãos e olhou para o J.

— O que aconteceu com ele?

— Não sei. Pensei que ele tinha sido atropelado. Mas mesmo pra um atropelamento era feio demais. Não ia ficar daquele jeito só com um pneu passando por cima. Parecia que alguém tinha esmagado a pata com um torno, sabe? Tava fininha que nem um papel. Talvez alguém tenha feito aquilo de maldade.

— Não pode ser! — o Rato sacudiu a cabeça, incrédulo. — Quem é que faria isso com um gato...

J bateu a ponta de um cigarro sem filtro várias vezes sobre o balcão, colocou-o na boca e acendeu.

— Pois é. Qual a necessidade de destruir a pata de um gato desse jeito? Ainda mais de um gato tão bonzinho, que não fez nada de mal. Ninguém ganha nada esmagando a pata de um bicho. É horrível e não faz nenhum sentido. Acontece que, neste mundo, o que não falta são maldades assim sem motivo. Nem eu nem você conseguimos entender, mas isso existe, sem dúvida. Talvez eu possa até dizer que a gente está cercado de coisas assim.

Ainda com os olhos fixos no copo, o Rato sacudiu a cabeça mais uma vez.

— Pra mim não faz sentido...

— Tudo bem. Isso é o melhor a fazer, aceitar que você não entende e deixar para lá.

Dizendo isso, J soprou a fumaça do seu cigarro em direção ao salão vazio e escuro do bar e a acompanhou com o olhar até que desaparecesse totalmente.

Os dois passaram muito tempo em silêncio. O Rato pensativo olhando seu copo, e J ainda esfregando o balcão com os dedos. O jukebox começou a tocar o último disco, uma balada soul melosa cantada em falsete.

— Sabe, J — disse o Rato, sem tirar os olhos do copo —, eu já vivi vinte e cinco anos e acho que não aprendi absolutamente nada.

J ficou olhando para os próprios dedos sem dizer nada por algum tempo. Depois encolheu um pouco os ombros.

— Eu, em quarenta e cinco anos, só compreendi uma coisa: que com tudo na vida, se você se esforçar, é possível aprender alguma coisa. Mesmo no negócio mais trivial e medíocre, tem alguma coisa pra aprender. "A filosofia existe até mesmo no simples ato de se barbear", li em algum lugar. E, realmente, se a gente não fizer isso, não tem como sobreviver.

O Rato assentiu e acabou com os três centímetros de cerveja que restavam no fundo do copo. O disco acabou, o jukebox desligou com um estalo e tudo no bar ficou quieto novamente.

— Acho que eu entendo o que você tá dizendo...

Prestes a continuar com um "mas", o Rato engoliu as palavras. Mesmo que ele falasse, não ia adiantar nada. Então sorriu e se levantou, agradecendo pela cerveja.

— Te dou uma carona até sua casa.

— Ah, não precisa. Moro aqui perto, e gosto de caminhar.

— Então tá, boa noite. Manda um abraço pro gato.

— Obrigado.

O Rato subiu a escada e saiu para a rua, que tinha um cheiro gelado de outono. Andou até o estacionamento socando de leve todas as árvores no caminho. Chegando lá, passou algum tempo encarando sem motivo o parquímetro antes de entrar no carro. Hesitou um pouco e por fim dirigiu rumo à praia e parou o carro na orla, de onde podia ver o apartamento da mulher. Metade dos apartamentos ainda estava com as luzes acesas. As sombras dos moradores apareciam atrás de algumas das cortinas.

O apartamento da mulher estava escuro. O abajur de cabeceira também estava apagado. Ela já devia estar dormindo. O Rato se sentiu terrivelmente sozinho.

O som das ondas soava cada vez mais forte. Parecia que a qualquer momento elas iam vencer o quebra-mar e carregar o carro para longe. Ele ligou o rádio e, ouvindo distraído o falatório do locutor, inclinou o banco, cruzou as mãos atrás da cabeça e fechou os olhos. Seu corpo estava exausto, mas graças a isso os vários sentimentos indefinidos e sem rumo que o perturbavam tinham desaparecido. Aliviado, o Rato pousou sua cabeça vazia e ficou escutando a voz do locutor que se misturava ao som das ondas. E então o sono chegou devagar.

11

Na quinta-feira de manhã as gêmeas me acordaram. Era dez minutos mais cedo do que de costume, mas, sem me dar conta, fiz a barba com água quente, bebi meu café e li de cabo a rabo o jornal matinal, a tinta estava tão fresca que manchava os dedos.

— A gente queria te pedir uma coisa — disse uma delas.
— Você consegue pegar um carro emprestado no domingo? — perguntou a outra.
— Acho que sim — respondi. — Vocês querem ir pra algum lugar?
— Pra represa.
— Represa?
As duas assentiram.
— O que vocês querem fazer na represa?
— O funeral.
— De quem?
— Do quadro de distribuição, ué.
— Entendi — respondi, e continuei lendo o jornal.

Infelizmente, desde a manhã de domingo caía uma garoa fina. De qualquer maneira, eu não saberia dizer qual seria o clima mais adequado para o funeral de um quadro de distribuição. As gêmeas não disseram nenhuma palavra sobre a chuva, então eu também não falei nada.

Peguei emprestado o fusca azul-celeste do meu sócio no sábado à noite. Arranjou uma namorada, é?, perguntou ele. Ahã, respondi. O banco de trás do carro estava cheio de manchas de chocolate deixadas pelo filho dele, como se fosse sangue depois de um tiroteio. Não tinha nada decente nos cassetes do aparelho de som, então seguimos calados durante todo o percurso de ida, de uma hora e meia, sem ouvir música nenhuma. Ao longo de todo o caminho, a chuva engrossava, diminuía, depois engrossava e diminuía de novo. Era uma chuva sonolenta. O único som constante era o *vuuush* dos carros que passavam por nós em alta velocidade, na mão oposta da via asfaltada.

Uma das gêmeas sentou no banco do passageiro, e a outra no banco de trás, abraçada à sacola de compras com o quadro de distribuição e uma garrafa térmica. Elas tinham uma solenidade digna de um funeral. Eu segui seu exemplo. Essa solenidade não fraquejou nem mesmo quando paramos no meio do caminho para descansar e comer milhos na brasa. Apenas o barulho dos grãos de milho se soltando da espiga quebrava o silêncio. Deixamos para trás as três espigas sem nenhum grão e voltamos para a estrada.

Aquela região tinha muitíssimos cachorros, que perambulavam pela chuva como cardumes de peixes num aquário, e me obrigavam a pisar nos freios constantemente. Andavam com total indiferença à chuva e aos carros. Ao ouvir o som das freadas, a maioria deles nos olhava com grande desagrado, mas pelo menos saíam do caminho. Da chuva, entretanto, eles não tinham como fugir. Estavam todos encharcados até o cu, alguns parecendo aquela lontra na história de Balzac, outros parecendo monges pensativos.

Uma das gêmeas colocou um cigarro na minha boca e o acendeu. Depois pousou a mão na parte interna da minha coxa e fez um carinho sobre a calça de algodão. Mais do que uma carícia, parecia que ela queria confirmar alguma coisa.

Dava a impressão de que ia continuar a chover eternamente. As chuvas de outubro são sempre assim. Caem sem parar, até encharcar absolutamente tudo. Os terrenos ao redor estavam todos inundados. As árvores, a estrada, as plantações, os carros, as casas, os cachorros — a chuva permeava todas as coisas, e uma frieza irremediável cobria o mundo.

Subimos uma montanha, cruzamos um bosque denso e, enfim, chegamos ao reservatório de água. A chuva caía sobre a superfície da água até onde a vista alcançava. Graças a ela, não havia vivalma ao redor. A cena da represa banhada pela chuva era muito mais trágica do que eu tinha imaginado. Paramos o carro na margem e, sentados lá dentro, tomamos o café da garrafa térmica e comemos os biscoitos que as gêmeas haviam levado. Eram biscoitos de três sabores, café, manteiga e xarope de bordo. Dividimos tudo direitinho, de forma que todo mundo comesse o mesmo.

Enquanto isso, a chuva continuava caindo sobre a represa. Era incrivelmente silenciosa. Fazia apenas um ruído leve como o de jornal picado caindo sobre um tapete macio. Era o tipo de chuva que costuma cair nos filmes de Claude Lelouch.

Comemos os biscoitos, tomamos duas xícaras de café cada um e espanamos ao mesmo tempo as migalhas dos joelhos, como se tivéssemos combinado. Ninguém falou nada.

— Bom, acho que está na hora — disse uma das gêmeas.

A outra concordou.

Eu apaguei meu cigarro.

Sem guarda-chuvas, caminhamos até a extremidade da ponte sem saída que se estendia sobre a água. A represa tinha sido construída artificialmente e tinha um formato estranho que acompanhava a encosta das montanhas. Pela cor da água, era sinistramente profunda. As gotas da chuva formavam pequenos círculos na superfície.

Uma das gêmeas tirou o quadro de distribuição da sacola de papel e me entregou. Na chuva, ele parecia ainda mais miserável.

— Faça uma oração.

— Oração? — exclamei, surpreso.

— É um funeral, precisa ter alguma reza.

— Não tinha me dado conta — respondi. — Pra falar a verdade, não me ocorre nada no momento...

— Qualquer coisa serve.

— É só uma formalidade.

Busquei na memória alguma coisa apropriada para dizer, enquanto a chuva me encharcava da cabeça aos pés. O olhar das gêmeas, preocupado, ia e vinha entre mim e o painel.

— O dever da filosofia — disse, citando Kant — é dissipar as ilusões nascidas dos mal-entendidos. ... Ó quadro de distribuição, descanse em paz no leito desta represa.

— Pode jogar.
— Oi?
— Joga o quadro!

Torci o corpo como um jogador de golfe dando uma tacada e arremessei o quadro com toda a força, a quarenta e cinco graus. Ele desenhou no ar um arco admirável e caiu sobre a água, formando ondas circulares que se espalharam devagar até chegar aos nossos pés.

— Foi uma oração muito bonita.
— Você que inventou?
— É claro — respondi.

Tão encharcados como os cachorros da estrada, ficamos os três encostados um no outro, olhando a represa.

— Quantos metros de profundidade será que ela tem? — perguntou uma.
— Muitos — respondi.
— Tem peixes? — perguntou a outra.
— Sempre tem algum peixe, em qualquer lago.

Vistos de longe, devíamos ser um elegante monumento funerário.

12

Na quinta-feira daquela semana, vesti um suéter pela primeira vez no ano. Era um suéter de lã de Shetland sem nada de especial, e a costura estava se desfazendo embaixo dos braços, mas não liguei para isso. Fiz a barba com um pouco mais de atenção do que de costume, vesti uma calça grossa de algodão e tirei do armário minhas botinas desbotadas de camurça. Elas pareciam dois cachorrinhos, sentados bem comportados aos meus pés. As gêmeas me trouxeram meus cigarros, isqueiro, carteira e cartão de metrô, recolhidos de vários cantos da casa.

Na escrivaninha do escritório, afiei os seis lápis tomando o café que a menina preparara. A sala cheirava a grafite e lã.

Na hora do almoço saí para comer e brinquei mais uma vez com os gatos abissínios. Eu espremia a ponta do dedinho por uma pequena fresta no vidro da caixa onde eles estavam, e os dois filhotes pulavam, competindo para tentar morder meu dedo.

Naquele dia, a vendedora do pet shop me deixou pegar um dos gatos no colo. Ele era macio como caxemira de qualidade e pressionou seu focinho gelado contra meus lábios.

— Eles são muito amigáveis! — explicou a funcionária.

Eu agradeci, devolvi o gato à caixa e comprei uma caixa de ração de gato que para mim não tinha a menor utilidade, que a funcionária embrulhou com cuidado. Quando saí da loja carregando o pacote, os dois gatos me seguiram com o olhar, como quem persegue os últimos resquícios de um sonho.

Voltei para o escritório e a menina espanou os pelos de gato presos no meu suéter.

— Parei no caminho pra brincar com uns gatos — comentei para me justificar.

— Tá descosturando na axila, viu?

— Eu sei. Desde o ano passado que tá assim. É que eu estava assaltando um carro-forte e a malha prendeu no retrovisor.

— Tira — disse ela, sem achar graça nenhuma.

Tirei o suéter, e ela pegou uma linha preta e se pôs a costurá-lo, com as pernas longas cruzadas ao lado da cadeira. Enquanto ela costurava, voltei para a minha mesa, afiei os lápis para a tarde e retomei o trabalho. O que quer que digam, acredito que, no trabalho, nunca deixei a desejar. Eu fazia o serviço determinado, dentro do horário determinado, com a maior boa vontade possível. Este era meu método. Tenho certeza de que em Auschwitz eu seria tremendamente valorizado. O problema, penso eu, é que os lugares apropriados para mim estão ficando todos obsoletos. Não há o que fazer sobre isso. Nem é preciso ir tão longe como Auschwitz, ou torpedeiros de dois lugares. Ninguém mais usa minissaias ou escuta Jan & Dean. Qual foi a última vez que eu vi uma moça de corpete e cinta-liga?

Quando o relógio deu três horas, a menina trouxe chá verde e três biscoitos, como sempre. Também me entregou o suéter, perfeitamente remendado.

— Queria sua opinião sobre um assunto...

— Claro — respondi, comendo um dos biscoitos.

— Na viagem de novembro deste ano — continuou ela — que tal irmos pra Hokkaido?

Todo ano, nós três viajávamos juntos em novembro.

— Não seria mal — respondi.

— Então está decidido. Não tem ursos lá?

— Será? — disse eu. — Acho que eles já vão estar hibernando.

Ela concordou aliviada.

— Aliás, não quer ir jantar comigo hoje? Tem um restaurante de lagostas muito bom, aqui perto.

— Parece uma boa — respondi.

O restaurante ficava no meio de um bairro residencial, a cinco minutos de táxi do escritório. Quando nos sentamos, um garçom vestido de preto se aproximou pelo tapete de fibra de coco com passos silenciosos e deixou sobre a mesa dois cardápios do tamanho de pranchas de natação. Pedimos duas cervejas antes da comida.

— As lagostas daqui são ótimas. São cozidas vivas.

Eu bebi a cerveja com um suspiro satisfeito.

Ela ficou remexendo com seus dedos finos o pendente em forma de estrela que tinha no pescoço.

— Se tem alguma coisa que você quer falar, melhor dizer logo, antes da comida — disse eu. Imediatamente, pensei que não devia ter dito. É sempre a mesma coisa.

Ela sorriu bem de leve. Seus lábios ficaram congelados nesse sorriso milimétrico, por pura preguiça de se mover novamente. O restaurante estava tão vazio que achei que podia escutar as antenas das lagostas se movendo.

— Você gosta do seu trabalho?

— Não sei... Nunca pensei desse jeito sobre o trabalho. Mas também não tô insatisfeito.

— Eu também não estou — disse ela, e tomou um gole de cerveja. — O salário é bom, vocês dois são legais, eu consigo tirar minhas férias direitinho...

Continuei em silêncio. Fazia realmente muito tempo que eu não escutava alguém com tanta atenção.

— Mas é que eu tenho só vinte anos — continuou ela. — Não quero passar a vida toda assim!

Interrompemos a conversa enquanto serviam a comida.

— Você ainda é jovem — disse eu. — Ainda vai se apaixonar, vai se casar. A vida muda muito.

— Muda nada — resmungou ela, descascando a lagosta habilmente com garfo e faca. — Por que é que alguém ia se interessar por mim? Vou terminar meus dias assim, espalhando umas iscas vagabundas pra baratas e costurando suéteres.

Eu suspirei. Subitamente eu me sentia muitos anos mais velho.

— Você é bonita, é charmosa, tem pernas compridas e uma cabeça ótima. E além do mais, descasca lagostas muito bem. Vai dar tudo certo.

Ela continuou comendo sua lagosta em silêncio. Eu também comecei a comer. Enquanto comia, pensei sobre o quadro de distribuição no fundo da represa.

— O que você fazia quando tinha vinte anos?

— Estava louco por uma menina.

Aquele era o nosso ano, 1969.

— E o que aconteceu com ela?

— A gente se separou.

— Vocês foram felizes?

— Vendo de longe — respondi, engolindo um pedaço de lagosta —, quase qualquer coisa fica bonita.

Quando terminamos de comer, o restaurante estava começando a encher e a se agitar com o som dos garfos e facas e o ranger das cadeiras. Eu pedi um café, e ela, um café e um suflê de limão.

— E agora, você tá namorando alguém? — perguntou ela.

Pensei um instante e decidi não mencionar as gêmeas.

— Não — respondi.

— E não se sente sozinho?

— Já me acostumei. É questão de treino.

— Que tipo de treino?

Acendi um cigarro e soprei a fumaça mirando uns cinco centímetros acima da cabeça dela.

— É que eu nasci sob uma estrela peculiar. Resumindo, é assim: eu sempre consegui tudo o que desejava, sem exceção. Mas a cada coisa que eu conseguia, acabava pisoteando alguma outra. Entende?

— Mais ou menos.

— Ninguém acredita, mas é verdade. Faz três anos que eu percebi isso. E aí eu pensei: nunca mais vou desejar nada.

Ela sacudiu a cabeça.

— E você pretende passar a vida toda assim?

— Talvez. Assim eu não incomodo ninguém.

— Se você realmente pensar assim — disse ela —, é melhor ir viver numa caixa de sapatos.

Era uma opinião excelente.

Caminhamos lado a lado até a estação. A noite estava agradável, graças ao suéter.

— O.k., eu vou tentar dar um jeito — disse ela.

— Não ajudei muito, né?

— Já fiquei aliviada só por ter conseguido falar com alguém.

Pegamos trens em sentidos opostos, na mesma plataforma.

— Você não se sente sozinho, mesmo? — perguntou ela mais uma vez, no fim. Enquanto eu procurava uma boa resposta, o trem chegou.

13

Um belo dia nosso coração se prende em alguma coisa. Uma coisinha qualquer, insignificante. Um botão de rosa, um chapéu perdido, um suéter que você gostava quando era criança, um velho disco de Gene Pitney... toda a lista de pequenas coisas que não têm mais destino. Por dois ou três dias isso fica perambulando pelo nosso coração, depois volta para a escuridão de onde surgiu. Há poços profundos escavados nos nossos peitos. Pássaros cruzam o ar sobre eles.

No crepúsculo daquele domingo de outono, o que invadiu meu coração foi o pinball. Eu estava sentado com as gêmeas ao lado do buraco oito no campo de golfe, assistindo ao pôr do sol. O buraco oito é um *par* 5, sem nenhum obstáculo. O *fairway* se estendia diante de nós perfeitamente reto, como um corredor de escola. No buraco sete um estudante da vizinhança estava praticando flauta. Tendo como trilha sonora esse treino de escalas em duas oitavas de partir o coração, metade do sol já se escondera atrás das montanhas. Não sei por que, naquele instante, a máquina de pinball agarrou meu coração.

E não só isso: conforme o tempo passava, a imagem do pinball ia crescendo dentro de mim. Eu fechava os olhos e escutava os *bumpers* lançando as bolas, o placar revirando os números.

*

Em 1970, quando eu e o Rato passávamos os dias bebendo cerveja no J's Bar, eu não era um jogador muito fervoroso de pinball. A máquina que ficava no bar era um modelo chamado Spaceship, com três *flippers*, coisa rara para aquela época. O *playfield* era dividido em duas partes, com um *flipper* na parte de cima e dois na parte de baixo. Era um modelo dos saudosos tempos de paz antes da tecnologia de estado sólido chegar e inflacionar o mundo do pinball. Na época em que o Rato estava viciado no jogo, tiramos uma foto comemorativa para registrar sua melhor pontuação, 92 500. O Rato está sorrindo apoiado na máquina, que exibe, também sorrindo, os números "92 500" no placar. Essa foi a única fotografia emocionante que eu tirei com a minha pequena máquina Kodak. O Rato parecia um ás da aviação da Segunda Guerra, e a máquina de pinball, um velho avião caça. Daquele tipo de caça que um mecânico precisava girar a hélice para que ele decolasse, e o piloto fechava o vidro da cabine com um baque depois que já estava no ar. Os números 92 500 criavam uma atmosfera de intimidade entre o Rato e a máquina.

Uma vez por semana, passava no J's Bar o coletor de moedas e técnico da empresa de máquinas de pinball. Era um sujeito de uns trinta anos, extraordinariamente magro, que não falava quase nada. Ele entrava no bar e, sem nem sequer olhar na direção do J, seguia direto até a máquina, abria com uma chave o compartimento na parte de baixo e jogava as moedas para dentro de uma bolsa de lona. Então pegava uma dessas moedas e a inseria na máquina para testar se estava tudo funcionando. Checava duas ou três vezes a mola do lançador antes de começar, desinteressado, a jogar. Com aquela única bola, acertava todos os *bumpers* para testar os ímãs, passava por todas as pistas e acertava todos os alvos. Alvos móveis, *kick-out hole*, *spinner*. Por fim fazia a lâmpada de bônus acender e, com uma expressão de tédio, derrubava a bola na canaleta para terminar o jogo. Então se voltava para o J, assentia com a cabeça indicando que estava tudo certo e ia embora. Tudo isso no tempo de um cigarro queimar até a metade.

Eu me esquecia de bater as cinzas do meu cigarro, o Rato se esquecia de tomar sua cerveja, ambos assistindo boquiabertos a essa performance gloriosa.

— Parece um sonho — disse o Rato. — Com uma técnica dessas, fazer cento e cinquenta mil seria fichinha! Que nada, deve dar pra chegar nos duzentos!

— É a vida, o cara é profissional... — falei como consolo. Mas seu ar orgulhoso de ás da aviação não voltou mais.

— Comparado com isso, esse meu recorde é tipo segurar a ponta do dedinho de uma menina — disse ele, e se calou.

Mas continuou sonhando com o dia em que o placar chegaria aos seis dígitos.

— Isso é só um trabalho pra ele — tentei mais uma vez consolá-lo. — Talvez seja legal no começo... Mas fazendo todo dia, de manhã até de noite, qualquer um fica de saco cheio.

— Não. — O Rato sacudiu a cabeça. — Eu não ficaria.

14

O J's Bar estava lotado como não se via há muito tempo. A maioria dos rostos era desconhecida, mas clientes são clientes, então o J não tinha do que reclamar. O som do picador quebrando o gelo, as risadas, os Jackson Five tocando no jukebox, o tilintar dos gelos nos copos de uísque, a fumaça branca que boiava sob o teto como balões de histórias em quadrinhos... A agitação do verão parecia ter retornado naquela noite.

Ainda assim, para o Rato alguma coisa estava diferente. Sentado sozinho num canto do balcão com um livro aberto à sua frente, leu e releu várias vezes a mesma página, até desistir e fechá-lo. Se pudesse, o que queria mesmo era dar o último gole na sua cerveja, voltar para casa e dormir. Se ele *realmente* conseguisse dormir...

Ao longo daquela semana, o Rato se sentira totalmente abandonado por tudo, até pela própria sorte. O sono entrecortado, a cerveja, os cigarros... até o clima estava começando a ruir. A água das chuvas tinha lavado a encosta das montanhas e desaguado nos rios, por onde seguiu até tingir o mar de um marrom acinzentado. Era uma paisagem feia de se ver. Sua cabeça parecia estar recheada de bolas de papel velho. Dormia com um sono leve, e sempre por pouco tempo. Como um cochilo numa sala de espera de dentista com o aquecedor forte demais. Cada vez que alguém abre a porta, você acorda. Olha o relógio.

Lá pelo meio da semana, enquanto bebia uísque sozinho, o Rato resolveu que devia congelar todos os seus pensamentos por algum tempo. Preencheu todos os vãos da sua consciência com gelo, um gelo tão grosso que aguentaria o peso de um urso polar. Ele pensou que assim conseguiria suportar o resto da semana e adormeceu. Só que, quando acordou, tudo estava igual a antes. Apenas sua cabeça doía um pouco.

O Rato olhou sem foco para as seis garrafas vazias enfileiradas à sua frente. Por entre os vãos conseguia ver as costas do J.

Vai ver chegou a hora de eu me aposentar, pensou. A primeira vez que bebi nesse bar tinha dezoito anos. Milhares de garrafas de cerveja, milhares de batatas fritas, milhares de discos no jukebox. Como ondas batendo contra uma barcaça, todas essas coisas se aproximavam e desapareciam novamente. Acho que eu já bebi cerveja o suficiente, não? Claro que posso continuar bebendo o quanto quiser, tanto agora quanto aos trinta ou aos quarenta. Mas, pensou o Rato, as cervejas *que eu bebo aqui* são outra história. ... Vinte e cinco anos não é uma idade ruim pra se aposentar. É a idade em que as pessoas razoáveis já estão formadas na faculdade e trabalham vendendo empréstimos num banco ou coisa que o valha.

O Rato acrescentou mais uma garrafa à fila de garrafas vazias e bebeu num só gole metade do copo que quase transbordava. Então limpou a boca com o dorso da mão, num gesto automático, e secou-a no assento da calça de algodão.

Vamos, pensa, disse o Rato para si mesmo, pensa direito, sem tentar fugir. Vinte e cinco anos... nessa idade já dá pra pensar alguma coisa. São dois meninos de doze anos, cara. Você vale dois meninos de doze anos? Não vale nem um, né? Não vale nem um formigueiro enfiado num pote vazio de picles... Deixa disso, já chega dessas metáforas sem graça. Elas não ajudam em nada. Pensa, você errou em algum lugar. Vai, lembra. ... Como é que eu vou saber?!

O Rato desistiu e virou o resto da cerveja. Depois ergueu a mão e pediu mais uma.

— Você tá bebendo demais hoje, hein... — disse o J, mas trouxe a oitava cerveja mesmo assim.

Sua cabeça doía de leve. Seu corpo subia e descia como se ondas o agitassem. Sentia uma moleza no fundo dos olhos.

Vomita, disse uma voz no fundo do seu cérebro. Vomita de uma vez, e depois você pensa com calma. Vamos, levanta e vai pro banheiro. ... Não rola. Não consigo andar nem até a primeira base. Mesmo assim, o Rato estufou o peito e caminhou até o banheiro, onde expulsou uma menina que estava retocando o lápis de olho no espelho, e agachou diante da privada.

Quanto tempo faz que eu não vomito? Esqueci até como faz. Tem que tirar as calças? ... Não faz piada sem graça. Cala a boca e vomita. Vai, bota pra fora até o suco gástrico.

Depois de vomitar até o suco gástrico, o Rato sentou na privada e fumou um cigarro. Então lavou o rosto e as mãos com sabonete, se olhou no espelho e ajeitou o cabelo com os dedos úmidos. Um pouco sombrio demais, mas o formato do nariz e do queixo não é nada mal. Talvez uma professora ginasial de escola pública, ou coisa assim, possa gostar de você.

O Rato saiu do banheiro, foi até a mesa onde estava a menina com lápis de olho em um olho só e se desculpou educadamente. Então voltou para o balcão, tomou meio copo de cerveja e em seguida, num gole só, um copo de água gelada que o J serviu. Sacudiu a cabeça uma ou duas vezes, acendeu um cigarro e, finalmente, seu cérebro voltou a funcionar normalmente.

Bom, vamos lá, disse em voz alta. A noite é longa, pensa com calma.

15

Foi no inverno de 1970 que eu realmente fui seduzido pelo feitiço do pinball. Tenho a impressão de que passei aqueles seis meses dentro de um buraco escuro. Cavei um buraco bem do meu tamanho no meio de uma campina e me enterrei todinho ali, com os ouvidos tapados para qualquer ruído. Não me interessava por absolutamente nada. Ao anoitecer eu abria os olhos, vestia um casaco e ia passar as horas no canto de um fliperama.

A máquina era uma Spaceship de três *flippers*, exatamente o mesmo modelo do J's Bar, que eu encontrara com muito esforço. Quando eu colocava uma moeda e apertava o play, ela se arrepiava — emitia vários sons, erguia os dez alvos, apagava as luzes de bônus, mostrava seis zeros no placar, e lançava a primeira bola para a pista. Joguei para dentro daquela máquina uma quantidade infinita de moedas, e, precisamente um mês depois, como um balão que lança à terra seu último saco de areia, minha pontuação alcançou os seis dígitos.

Desgrudei os dedos trêmulos dos botões, me escorei na parede às minhas costas e, enquanto tomava uma lata glacial de cerveja, encarei por muito tempo os seis dígitos no placar: 105 220.

Foi assim que começou a minha breve lua de mel com o pinball. Eu quase não aparecia mais na faculdade e despejava na máquina metade do salário que ganhava pelo meu trabalho de meio período. Dominei todas as técnicas — sacudidas, passes, prender a bola, ricochetear... E agora quando eu jogava havia sempre alguém às minhas costas, assistindo. Meninas colegiais de batom vermelho pressionavam seus seios macios contra meus braços.

Na época em que minha pontuação passou dos cento e cinquenta mil, começou o inverno de verdade. Embrulhado no meu sobretudo, o cachecol enrolado na altura das orelhas, eu continuei abraçado à máquina de pinball, no fliperama gelado onde já não havia mais vivalma. O rosto que eu via vez ou outra refletido no espelho do banheiro estava magro e ossudo, coberto por uma pele seca e áspera. A cada três jogos eu encostava na parede para descansar e tomava uma cerveja, tremendo inteiro de frio. O último gole da cerveja sempre tinha gosto de chumbo. Eu esmagava a guimba do cigarro sob o sapato e comia o cachorro-quente que trazia enfiado no bolso.

Ela era maravilhosa, a Spaceship de três *flippers*. Só eu a compreendia, e só ela me compreendia. Quando eu apertava o play ela ronronava, mostrava os seis zeros no placar e sorria para mim. Eu puxava o lançador na medida certa, nem um milímetro a mais ou a menos, e lançava a bola prateada brilhante para dentro do *playfield*. Enquanto a bola percorria cada reentrância, eu me sentia flutuar como se tivesse fumado haxixe da melhor qualidade.

Todo tipo de pensamento surgia e se desfazia na minha mente. Todo tipo de gente aparecia refletida no vidro da máquina e desaparecia depois. Como um espelho mágico, esse vidro refletia meus sonhos, que piscavam junto com as luzes dos *bumpers* e as lâmpadas de bônus.

Não é culpa sua, diz ela. E sacode várias vezes a cabeça. **Você não fez nada errado, deu o melhor de si.**

Não, respondo. O *flipper* direito, *tab transfer*, alvo nove. **Não é verdade. Eu não fiz nada. Não mexi nem um dedo. Mas se eu realmente quisesse, poderia ter feito algo.**

As pessoas não conseguem fazer tudo o que querem, diz ela.

Talvez você tenha razão, digo. **Mas nada acabou, vai continuar a mesma coisa pra sempre.** Canaleta de retorno, *kickout hole*, *rebound*, *hugging*, alvo seis... a lâmpada de bônus se acende. 121 150. **Já acabou**, já está tudo acabado, diz ela.

*

Em fevereiro do ano seguinte, ela desapareceu. Botaram abaixo o fliperama inteiro e no mês seguinte surgiu ali uma loja de donuts 24 horas. Um desses lugares em que uma menina vestindo um uniforme estampado como uma cortina te traz um donut ressecado em cima de um prato da mesma estampa. Na frente da loja, colegiais com suas bicicletas, motoristas noturnos, hippies fora de época e funcionárias dos bares tomavam café, todos com a mesma expressão de enfado. Eu pedi um café incrivelmente ruim e um donut de canela e perguntei se a garçonete sabia o que tinha acontecido com o fliperama.

Ela ficou me olhando com uma cara desconfiada. O mesmo olhar com que ela devia encarar um donut que caísse no chão.

— Fliperama?
— É, ele ficava aqui até pouco tempo atrás.
— Não sei — ela sacudiu a cabeça, sonolenta.

Ninguém se lembra mais do que aconteceu há um mês. Este bairro é assim.

Perambulei pelas ruas num humor sombrio. Ninguém sabia aonde tinha ido parar a Spaceship de três *flippers*.

Então eu larguei o pinball. Quando a hora chega, todo mundo larga o pinball. Foi só isso, nada mais.

16

Na sexta-feira, a chuva que caía havia vários dias parou de repente. A cidade vista pela janela estava inchada, tinha engolido água de chuva até enjoar. O crepúsculo coloriu de uma tonalidade estranha as nuvens que começavam a se dissipar, e o reflexo delas tingiu o quarto da mesma cor.

O Rato vestiu um casaco corta-vento por cima da camiseta e saiu para a rua. O asfalto negro se estendia a perder de vista, ainda cheio de poças. A cidade tinha o cheiro característico de um entardecer depois da chuva. Os pinheiros plantados ao longo do rio estavam completamente encharcados, pequenas gotas pendendo nas pontas de suas folhas verdes. A água marrom da chuva se juntava ao rio e corria sobre o leito de concreto em direção ao mar.

O sol logo se pôs, e a escuridão úmida foi cobrindo tudo. Em um instante, essa umidade se transformou em névoa.

Com o cotovelo apoiado para fora da janela, o Rato circulou devagar pela cidade. A névoa branca percorria as ruas residenciais ao pé da montanha, rumo ao oeste. Por fim ele desceu até a costa, acompanhando o rio. Então parou o carro ao lado do quebra-mar, reclinou o banco e fumou um cigarro. Tudo estava escuro e úmido — a praia, os blocos de concreto do quebra-mar, o bosque que barrava a areia. Uma luz quente e amarela escapava por entre as persianas do quarto da mulher. Ele olhou o relógio. Sete horas e quinze minutos. A hora em que as pessoas estão jantando e se fundindo ao calor de suas casas.

O Rato cruzou as mãos atrás da cabeça, fechou os olhos e tentou lembrar como era a casa da mulher. Ele só tinha entrado lá duas vezes, então suas memórias eram imprecisas. Ao entrar, uma sala com cozinha americana de uns dez metros quadrados... Uma toalha de mesa laranja, vasos de plantas ornamentais, quatro cadeiras, um suco de laranja, um jornal em cima da mesa, uma chaleira de aço inox... Tudo cuidadosamente disposto, sem nenhuma mancha. Na parte dos fundos, a parede entre dois quartos pequenos fora derrubada, formando um quarto só. Uma escrivaninha estreita e comprida, coberta com um vidro, e sobre ela... três canecas de chope de cerâmica. Lotadas de lápis, réguas, canetas para desenho técnico. Uma bandeja com borrachas, pesos de papel, removedor de tinta, recibos velhos, fita adesiva, clipes coloridos... e também um apontador de lápis, e selos.

Ao lado da mesa, uma prancheta de desenho já bastante usada e uma luminária com braço comprido. A cúpula era... verde. Na parede em frente fica a cama. Uma pequena cama de madeira natural, no estilo escandinavo. Quando estavam os dois em cima dela, ela rangia como aqueles botes de aluguel nos parques.

A névoa ficava cada vez mais densa conforme as horas passavam. A escuridão leitosa fluía devagar ao longo da praia. Vez ou outra, faróis de neblina amarelos surgiam numa das extremidades da rua e passavam ao lado do Rato reduzindo a velocidade. As minúsculas partículas de água que penetravam pela janela foram umedecendo tudo dentro do carro. Os bancos, o para-brisa, o casaco, o maço de cigarros dentro do bolso, tudo. As buzinas de neblina dos navios cargueiros ancorados em alto-mar começaram a lançar seus gritos agudos, como bezerros desgarrados da manada. Uns mais longos, outros mais curtos, em timbres variados, eles varavam a escuridão em direção às montanhas.

Na parede esquerda, continua o Rato, tem uma estante de livros, um pequeno aparelho de som e discos. E um guarda-roupa, também. Duas reproduções de Ben Shahn. Na estante de livros não tem grande coisa. A maior parte é de livros teóricos de arquitetura. Fora isso, livros sobre viagens — guias turísticos, relatos de viagens, mapas, alguns romances best-sellers, a biografia de Mozart, partituras, vários dicionários... Na folha de rosto do dicionário de francês tinha algum tipo de dedicatória. A maioria dos discos era de Bach, Mozart ou Haydn. E algumas recordações dos seus tempos de menina... Pat Boone, Bobby Darin, The Platters.

Chegando até aí, o Rato empacou. Estava faltando alguma coisa. Alguma coisa importante. Por causa dela, a casa inteira ficava boiando no vácuo, sem sensação alguma de realidade. O que é? O.k., espera... vou lembrar. Os lustres e... o tapete. Como são os lustres? E a cor do tapete? Ele não conseguia se lembrar de jeito nenhum.

O Rato teve um impulso de abrir a porta do carro, atravessar o bosque, bater na porta da casa dela e perguntar a cor dos lustres e do tapete. Que coisa idiota. Se recostou novamente no banco e, desta vez, olhou para o mar. Não se via nada acima do mar escuro, só a névoa branca. E, para além dela, a luz alaranjada do farol, sempre acendendo e apagando no seu ritmo firme, como as batidas de um coração.

A casa dela continuou flutuando pelo ar, sem teto nem chão, por mais algum tempo. Pouco a pouco, essa imagem foi se desfazendo, desde os menores detalhes, até que tudo desapareceu.

O Rato olhou para o teto e fechou os olhos devagar. E, como se desligasse um interruptor, apagou todas as luzes dentro de sua cabeça, enterrando sua mente em uma nova escuridão.

17

A Spaceship de três *flippers*... Em algum lugar, ela ainda me chamava. Dia após dia, continuava me chamando.

Fui despachando a montanha de serviço acumulado numa velocidade extraordinária. Já não almoçava mais, nem brincava com os gatos abissínios. Não falava com ninguém. A secretária vinha às vezes ver como eu estava e saía sacudindo a cabeça, inconformada. Eu terminava o trabalho de um dia inteiro às duas da tarde, jogava os manuscritos sobre a mesa dela e saía correndo do escritório. E então rodava por todos os fliperamas de Tóquio, em busca da Spaceship de três *flippers*. Mas não adiantava. Ninguém tinha visto essa máquina, nem ouvido falar dela.

— Tenho uma Viagem ao Centro da Terra de quatro *flippers*, não serve? É uma máquina novinha, acabou de chegar — disse o funcionário de um dos fliperamas.

— Foi mal, não serve.

Ele pareceu um pouco decepcionado.

— Também tem um Southpaw de três *flippers*... Quando você acerta o circuito, ganha uma bola extra!

— Me desculpa, é que só estou interessado na Spaceship.

Mesmo assim, ele me deu o nome e o telefone de um conhecido seu, fanático por pinball.

— Esse cara pode saber alguma coisa sobre a máquina que você tá procurando. É um desses "fanáticos de catálogo", dos que mais entendem de cada modelo. Mas é um sujeito meio esquisito...

— Obrigado — agradeci.

— Sem problemas. Tomara que você encontre!

Entrei num café silencioso e disquei esse número. Depois de uns cinco toques um homem atendeu. Tinha a voz serena. Dava para ouvir a televisão ligada na NHK e o choro de um bebê ao fundo.

— Gostaria de falar com o senhor a respeito de *certa* máquina de pinball... — comecei o assunto, depois de me apresentar.

Por alguns instantes o lado de lá da ligação ficou totalmente quieto.

— Qual máquina seria?

— Se chama Spaceship, com três *flippers*.

O homem soltou um grunhido. Parecia estar refletindo.

— No gabinete tem desenhado um planeta e uma nave espacial...

— Sei bem qual é — interrompeu ele, e limpou a garganta. Falava como um professor universitário recém-saído da pós-graduação. — Um modelo lançado por Gilbert & Sands, de Chicago, em 1968. Alguns costumavam dizer que era a máquina da má sorte, sabia?

— Máquina da má sorte?

— O que acha — perguntou ele — de nos encontrarmos pessoalmente para conversar sobre isso?

Decidimos nos encontrar no fim da tarde do dia seguinte.

*

Trocamos cartões de visitas e pedimos café à garçonete. Fiquei muito surpreso ao saber que ele realmente era um professor universitário. Tinha pouco mais de trinta anos e seu cabelo já começava a afinar, mas o corpo era bronzeado e robusto.

— Dou aula de espanhol na universidade — disse ele. — É uma tarefa tão frutífera quanto jogar água no deserto.

Assenti com a cabeça, admirado.

— Vocês não trabalham com espanhol, no seu escritório de tradução?

— Eu traduzo do inglês, e meu sócio do francês. Só com isso já temos muito trabalho...

— É uma pena — disse ele, de braços cruzados.

Não parecia achar, particularmente, que fosse uma pena. Remexeu no nó da sua gravata por algum tempo.

— Já foi à Espanha? — perguntou ele.

— Não, infelizmente — respondi.

Os cafés foram servidos, e a conversa sobre a Espanha se encerrou por aí. Nós dois bebemos em silêncio.

— A Gilbert & Sands foi uma retardatária na produção de máquinas de pinball — começou ele, de repente. — Desde a Segunda Guerra até a Guerra da Coreia, eles produziram principalmente dispositivos de lançamento de bombas para aviões bombardeiros. Mas, aproveitando o armistício coreano, resolveram mudar de área. Fazer máquinas de pinball e de bingo, caça-níqueis, jukeboxes, carrinhos de pipoca... Quer dizer, a chamada indústria da paz. Lançaram o primeiro modelo de pinball em 1952. Não era ruim. Era incrivelmente resistente, e barato também. Mas era um modelo sem graça. Tomando emprestadas as palavras da revista *Billboard*, era "uma máquina de pinball como os sutiãs fornecidos pelo governo para as tropas femininas do exército soviético". Ainda assim, ela foi um sucesso de vendas. Exportaram muitas para o México e vários países da América Latina. Nesses países existem poucos técnicos especializados, então eles preferem máquinas resistentes, que não deem defeito, a modelos mais elaborados.

Ele se calou para tomar um gole de água. Parecia chateado por não ter um projetor de slides e uma vareta para apontar.

— Bem, como você sabe, nos Estados Unidos, e consequentemente no mundo todo, o universo das máquinas de pinball é um oligopólio, nas mãos de apenas quatro empresas. Gottlieb, Bally, Chicago Coin e Williams, os chamados "Big Four". A Gilbert tentou se inserir neste grupo. Foram cinco anos de luta árdua. Até que, no ano de 1957, eles pararam de fazer máquinas de pinball.

— Pararam de fazer?

Ele concordou, tomou o resto do seu café com cara de desagrado e limpou várias vezes a boca com o guardanapo.

— É. Se aposentaram. Na verdade, a empresa em si estava tendo lucro, por causa das exportações para a América Latina. Mas eles encerraram as atividades antes que a ferida ficasse maior... No fim das contas, o *know-how* necessário para fazer máquinas de pinball é muito complexo. Você precisa de vários técnicos especializados bem treinados, e de projetistas para chefiá-los. Além disso, precisa de uma rede de serviços que cubra todo o país. Representantes que tenham sempre as peças em estoque e mecânicos que consigam chegar em qualquer lugar em menos de cinco horas se uma máquina der problema. Enfim, infelizmente a novata Gilbert & Sands não tinha toda essa capacidade. Então engoliram o choro e saíram de cena. Durante cerca de sete anos, continuaram fazendo máquinas de venda automática, limpadores de para-brisa para carros Chrysler, coisas assim. Mas, na verdade, eles não tinham desistido do pinball.

Ele interrompeu a história nesse ponto. Tirou um cigarro do bolso do paletó, bateu a ponta sobre a mesa e o acendeu.

— Não tinham desistido. Porque eles tinham seu orgulho, sabe? Então continuaram a pesquisa em uma fábrica secreta. Formaram um time, contratando gente que tinha se aposentado nas Big Four, deram pra eles um orçamento colossal e disseram: "Façam uma máquina que não fique atrás de nenhum modelo dos Big Four. E em menos de cinco anos!". Isso foi em 1959. A empresa também aproveitou bem esses cinco anos... Usando seus outros produtos, eles criaram uma rede perfeita, que cobria de Vancouver até Waikiki. E assim os preparativos estavam todos no lugar. O seu novo modelo ficou pronto em 1964, como planejado. Chamava Big Wave.

Ele tirou da sua pasta de couro um caderno de rascunhos preto, abriu em uma página e me entregou. Recortados de alguma revista, estavam colados ali uma foto da Big Wave, um esquema do *playfield*, o design do gabinete e até um cartão com as instruções de jogo.

— Era um modelo realmente muito peculiar, cheio de artifícios que ninguém conhecia. Por exemplo, os padrões de sequência: você podia escolher diferentes sequências, de acordo com suas habilidades. Esse modelo fez muito sucesso.

"É claro que, hoje em dia, muitas dessas ideias da Gilbert já são totalmente comuns, mas naquela época eram incrivelmente inovadoras. Além disso, essa máquina era muito bem-feita. Em primeiro lugar, era resistente. A vida útil das máquinas dos Big Four era de três anos, mas essa você conseguia usar por até cinco. E segundo, ela dependia muito mais da técnica do jogador do que da sua sorte. Depois disso a Gilbert lançou mais algumas máquinas nessa mesma linha, que ficaram famosas. The Orient Express, Sky Pilot, TransAmerica... Todas foram muito bem recebidas pelos fãs de pinball. A Spaceship foi o último modelo que eles fizeram.

"A Spaceship tinha uma abordagem completamente diferente desses outros quatro modelos. Os outros tinham vários truques inovadores, mas a Spaceship era um modelo incrivelmente simples e ortodoxo. Não usava um único mecanismo que já não fosse usado pelos Big Four. Podemos até dizer que a máquina era uma espécie de desafio. Eles estavam confiantes."

Ele explicava tudo devagar, bem mastigado. Eu escutava assentindo com a cabeça e tomava meu café. Quando o café acabou, tomei a água, e quando a água acabou, acendi um cigarro.

— A Spaceship é um modelo curioso. À primeira vista, não tem nenhum mérito, mas quando você joga, vê que ela tem alguma coisa diferente. Essa *alguma coisa* seduzia as pessoas como uma droga. Não sei por quê... Eu chamo a Spaceship de máquina da má sorte por dois motivos. Primeiro, porque as pessoas não compreenderam de fato sua excelência. Quando elas começaram a compreender, já era tarde demais. Segundo, porque sua empresa foi à falência. Acho que faziam produtos bem-feitos demais... A Gilbert foi incorporada por certo conglomerado, que decidiu que o departamento de pinball não era necessário. Fim. Foram produzidas umas 1500 máquinas da Spaceship, e hoje em dia ela é uma espécie de fantasma no mundo das máquinas famosas. Nos Estados Unidos, os entusiastas de pinball pagam dois mil dólares por elas, mas nunca se encontra uma para vender.

— Por quê?

— Ninguém quer se desfazer delas. Ninguém consegue se desfazer. É um modelo curioso...

Ele terminou de falar, olhou o relógio por força do hábito e acendeu um cigarro. Eu pedi outro café.

— Quantas unidades foram importadas para o Japão?

— Eu pesquisei. Três unidades.

— É muito pouco.

Ele concordou.

— É que as rotas de distribuição dos produtos da Gilbert não passavam por aqui. Em 1969, um importador trouxe algumas, como teste. Foram essas três máquinas. Quando ele quis comprar outras, a Gilbert & Sands já não existia mais.

— E essas três, você sabe para onde foram?

Ele mexeu por muito tempo o açúcar que colocara no café e coçou o lóbulo da orelha.

— Uma delas foi parar em um pequeno fliperama em Shinjuku. O fliperama faliu no inverno do ano retrasado. Não sei para onde foi a máquina.

— Esta é a que eu sabia.

— Outra foi parar em um fliperama em Shibuya. Ele pegou fogo na primavera do ano passado. Tinha seguro, então ninguém teve prejuízo. Então uma das Spaceship desapareceu deste mundo. Realmente, vendo assim não há como negar que seja uma máquina da má sorte.

— Parece o Falcão Maltês, né?

Ele concordou.

— E a última máquina eu não sei para onde foi.

Eu dei a ele o endereço e o telefone do J's Bar.

— Mas ela já não está mais lá. Foi desmontada no ano passado.

Ele registrou isso na agenda, com grande esmero.

— A que me interessa é a que estava em Shinjuku — disse eu. — Você não sabe para onde ela foi?

— Existem algumas possibilidades. O mais comum é irem para o ferro-velho. As máquinas têm uma rotatividade muito alta. Elas geralmente desvalorizam em três anos, e vale mais a pena trocar por um modelo novo do que gastar com o conserto de um antigo. Também tem a questão do que está na moda... Então elas viram sucata. A segunda possibilidade é que ela tenha sido comprada por alguma loja de usados. Às vezes essas máquinas que, apesar de velhas, ainda funcionam, vão parar em algum boteco por aí. Daí passam o resto da vida lá, lidando com bêbados e amadores. Em terceiro lugar, mas esse é um caso extremamente raro, elas podem ser compradas por um colecionador. Mas cerca de oitenta por cento vira sucata.

Com um cigarro apagado entre os lábios, refleti por algum tempo, desanimado.

— Sobre essa terceira possibilidade, seria possível pesquisar?

— Posso tentar, sem problemas, mas é improvável que descubra alguma coisa. Nessa área há muito pouca comunicação entre os fãs. Não temos nenhum registro dos nomes, nem uma revista especializada... Bom, vou tentar. Eu também tenho certo interesse pela Spaceship.

— Fico muito grato.

Ele se afundou na cadeira larga e tragou o cigarro.

— Falando nisso, qual é seu recorde na Spaceship?

— Cento e sessenta e cinco mil.

— Notável — disse ele, sem mudar de expressão. — Realmente notável.

E coçou a orelha novamente.

18

Passei a semana seguinte em meio a um silêncio e uma serenidade tão grandes que chegava a ser estranho. O ruído do pinball ainda ecoava levemente em meus ouvidos, mas aquele zumbido enlouquecedor como o de uma abelha voando ao sol de inverno havia desaparecido. O outono ficava mais intenso a cada dia, e na mata ao redor do campo de golfe as folhas secas já se acumulavam pelo chão. Pela janela do apartamento, eu enxergava nas colinas dos subúrbios a fumaça delgada das fogueiras em que essas folhas eram queimadas, subindo em linha reta como cordas mágicas.

As gêmeas foram ficando mais quietas e mais gentis, pouco a pouco. Passeávamos, tomávamos café, ouvíamos música, dormíamos abraçados sob as cobertas. No domingo, caminhamos por uma hora até o jardim botânico, onde comemos sanduíches de shiitake com espinafre, sentados num bosque de carvalhos *kunugui*. Na copa das árvores, pássaros de caudas pretas e voz penetrante cantavam sem parar.

O tempo estava esfriando, então comprei duas camisetas esportivas novas para as gêmeas e dei também dois velhos suéteres meus. Agora, em vez de 208 e 209, elas viraram "suéter verde-oliva de gola redonda" e "cardigã bege", mas não pareceram achar ruim. Também comprei meias e tênis novos para as duas. Fiquei me sentindo o próprio Papai Noel.

As chuvas de outubro estavam lindas. Finas como agulhas e macias como algodão, caíam sobre os gramados do campo de golfe, que começavam a perder o viço. Elas eram tragadas pela terra sem nem mesmo formar poças. Depois da chuva, os bosques rescendiam a folhas caídas e úmidas, e os raios do crepúsculo penetravam por entre as árvores desenhando padrões sobre o chão. Passarinhos atravessavam saltitando as trilhas que cruzavam o bosque.

No escritório os dias passavam da mesma forma. Eu trabalhava tranquilamente, ouvindo velhas gravações de jazz nas fitas cassete — Bix Beiderbecke, Woody Herman, Bunny Berigan — e fumando. A cada hora tomava um uísque e comia biscoitos.

Só a menina estava muito atarefada, pesquisando horários, comprando passagens de avião e reservando hotéis, além de gentilmente costurar mais duas malhas minhas e prender os botões em um blazer. Ela mudou de penteado, passou a usar um batom rosa-claro e vestia suéteres finos que realçavam seu busto. Assim, ia se misturando ao ar do outono.

Foi uma dessas semanas maravilhosas em que parece que tudo vai continuar para sempre daquele jeito.

19

Era muito difícil falar com o J sobre os planos de sair da cidade. O Rato não sabia por que, mas era dificílimo. Ele foi para o bar por três dias seguidos, e nos três dias fracassou em puxar o assunto. Era só pensar em dizer alguma coisa que sua garganta secava, e ele bebia uma cerveja. E então continuava bebendo, tomado por um desânimo insuportável. Posso ficar nessa o quanto quiser, mas eu não vou conseguir ir é pra lugar nenhum, pensava.

Quando o relógio dava meia-noite ele desistia e levantava, um pouco aliviado. Dava boa noite para o J como sempre e saía do bar. O vento noturno já estava bem gelado. Então ele voltava para casa, sentava na cama e assistia à TV distraído. Abria uma lata de cerveja, acendia um cigarro. Um velho filme de faroeste, Robert Taylor, comerciais, a previsão do tempo, comerciais, e depois a estática... Desligava a TV, tomava um banho. Depois outra cerveja, mais um cigarro.

Não sabia para onde ir depois de sair da cidade. Chegava a pensar que não tinha lugar algum para onde ir.

Pela primeira vez na vida, o Rato sentiu o terror subir rastejando do fundo de seu peito. Um terror como insetos subterrâneos, pretos e reluzentes. Bichos sem olhos nem misericórdia. Queriam arrastar o Rato consigo para o fundo da terra. O Rato sentia o corpo todo coberto pelo muco viscoso desses insetos. E abria mais uma cerveja.

Durante os três dias, o apartamento do Rato foi se enchendo de latas de cerveja vazias e guimbas de cigarro. Ele queria muito encontrar a mulher. Queria sentir o calor de sua pele no corpo todo, ficar para sempre dentro dela. Mas não podia mais ir à sua casa. Foi você mesmo que queimou essa ponte, pensa ele. Foi você quem cimentou essa parede em volta de si mesmo...

O Rato olha para o farol. O céu está começando a clarear, tingindo o mar de cinza. Quando a luz clara da manhã expulsa a escuridão como se arrancasse uma toalha de mesa, o Rato entra debaixo das cobertas e dorme, junto ao sofrimento de não ter para onde ir.

*

Em certo momento, a decisão do Rato de partir da cidade pareceu algo definitivo e inabalável. Ele analisou a situação por muito tempo, de vários ângulos, e essa foi a conclusão a que chegou. Achou que não tinha nenhuma falha. Então riscou um fósforo e queimou a ponte. Assim ele não tinha mais nada que o prendesse à cidade. Talvez deixasse ali algum resquício dele mesmo. Mas ninguém ia se importar com isso. E a cidade ia continuar se transformando, até que mesmo esses resquícios desaparecessem. Tudo parecia progredir como deveria.

E então, o J...

O Rato não sabia por que a presença do J o deixava tão transtornado. Bastaria dizer, eu vou embora dessa cidade, tá? Se cuida. Só isso. Não é como se eles soubessem alguma coisa um sobre o outro. Dois desconhecidos se encontram por acaso e depois seguem por caminhos opostos, era só isso. Mas mesmo assim, seu coração doía. Deitou de costas sobre a cama e socou o ar com os punhos apertados.

*

Já passava da meia-noite, numa segunda-feira, quando o Rato ergueu a porta de metal do J's Bar. Como de costume, o J estava sentado diante de uma mesa no bar semiapagado, e não fazia nada em particular, só fumava um cigarro. Ao ver o Rato entrando ele sorriu e acenou com a cabeça. Na penumbra, parecia terrivelmente envelhecido. A barba escurecia suas maçãs do rosto e seu queixo como uma sombra, os lábios finos estavam secos e rachados, os olhos, encovados. Veias saltavam no seu pescoço, e as pontas de seus dedos tinham manchas amarelas de nicotina.

— Cansado? — perguntou o Rato.

— Um pouco... — respondeu J, depois se calou por algum tempo. — Tem dias que são assim. Pra qualquer pessoa.

O Rato concordou, puxou uma cadeira e se sentou em frente ao J.

— *Rainy days and Mondays always get me down*, já dizia a canção.

— Exato... — disse o J, olhando fixamente para os dedos que seguravam o cigarro.

— Melhor você ir logo pra casa e descansar!

— Não, tudo bem. — J sacudiu a cabeça. Fez isso devagar, como se afastasse algum inseto. — Eu sei que, mesmo se voltar pra casa, não vou conseguir dormir direito.

O Rato olhou o relógio de pulso, por reflexo. Era meia-noite e vinte. Naquele subsolo escuro onde não se ouvia nenhum som, o tempo parecia extinto. No J's Bar fechado, não havia nenhum fragmento do brilho que o Rato perseguia ali havia tantos anos. Tudo estava desbotado, tudo parecia completamente exausto.

— Pega uma coca-cola pra mim? — disse o J. — Pode tomar uma cerveja, se quiser.

O Rato se levantou, pegou uma cerveja e uma coca-cola na geladeira e trouxe junto com dois copos.

— Quer pôr uma música?

— Não, hoje prefiro o silêncio — disse o Rato.

— Parece um funeral.

O Rato riu, e os dois tomaram a cerveja e a coca-cola sem dizer nada. O tique-taque do relógio no pulso do Rato, apoiado sobre a mesa, soava estranhamente alto. Meia-noite e trinta e cinco minutos. Parecia que uma eternidade tinha se passado. O J quase não se movera. O Rato ficou assistindo enquanto o cigarro dele, apoiado em um cinzeiro de vidro, ia se transformando inteiro em cinzas.

— O que te deixou tão cansado?

— Não sei... — respondeu o J, e mudou a posição das pernas cruzadas como se tivesse se lembrado de fazê-lo. — Acho que não deve ter nenhum motivo, mesmo.

O Rato tomou meio copo de cerveja, suspirou e o apoiou novamente sobre a mesa.

— Sabe, J... Todas as pessoas tão apodrecendo, certo?

— Acho que sim.

— Tem vários jeitos diferentes de apodrecer. — O Rato levou o dorso da mão à boca, num reflexo. — Mas eu acho que cada pessoa tem muito poucas opções pra escolher. No máximo... umas duas ou três.

— Talvez você tenha razão.

O resto da cerveja, já sem nenhum gás, estava parado no fundo do copo como uma poça d'água. O Rato tirou do bolso um maço amassado e pôs na boca o último cigarro.

— Agora eu estou deixando de me importar com isso. Porque, de qualquer jeito, todo mundo vai terminar podre, não vai?

O J escutava em silêncio, o copo de coca-cola inclinado na mão.

— E mesmo assim as pessoas continuam mudando. Eu nunca entendi qual era o sentido de mudar. — O Rato mordeu o lábio e ficou olhando a mesa, pensativo. — Pensava assim: qualquer progresso, qualquer transformação, vai ser sempre só uma parte do mesmo processo de destruição. Estou errado?

— Acho que não.

— Então nunca consegui ter nenhum afeto ou simpatia por essa gente que vai assim, tão alegremente, em direção ao nada... E nem por essa cidade.

O J continuou em silêncio. O Rato também se calou. Pegou um fósforo sobre a mesa, o deixou queimar devagar e depois acendeu o cigarro.

— O problema — disse o J — é que agora você mesmo tá querendo mudar. Não é?

— É verdade.

Passaram-se alguns instantes terrivelmente quietos. Devem ter sido uns dez segundos. O J recomeçou.

— O ser humano é um negócio incrivelmente malfeito. Muito mais do que você pensa, viu?

O Rato serviu a cerveja que restava na garrafa e bebeu em um só gole.

— Eu não sei o que fazer.

J assentiu várias vezes com a cabeça.

— Não consigo me decidir.

— Eu desconfiava disso — disse o J, e sorriu como se tivesse se cansado de falar.

O Rato levantou devagar e enfiou o maço e o isqueiro no bolso. O relógio já marcava uma hora.

— Boa noite — disse o Rato.

— Boa noite — disse o J. — Sabe, alguém disse o seguinte: ande devagar, e beba bastante água.

O Rato sorriu, abriu a porta e subiu as escadas. A rua deserta estava clara com a luz dos postes. Sentou numa mureta e olhou para o céu. E pensou quanta água, afinal, será que ele ia ter que beber.

20

O professor de espanhol me telefonou na quarta-feira depois do feriado prolongado de novembro. O meu sócio tinha saído antes do horário de almoço para ir ao banco, e eu estava na cozinha do escritório, comendo um espaguete preparado pela menina. O espaguete tinha cozinhado uns dois minutos mais do que devia, e em vez de manjericão ela tinha colocado folhas de shisô picadinhas, mas não estava ruim. Estávamos discutindo sobre a maneira de preparar espaguete quando o telefone tocou. A menina atendeu, falou duas ou três palavras e me entregou o telefone encolhendo os ombros.

— É sobre a Spaceship — disse ele. — Descobri onde ela foi parar.

— Onde?

— É difícil dizer ao telefone — disse ele.

Ficamos ambos em silêncio.

— Difícil em que sentido?

— No sentido que é difícil explicar ao telefone.

— Sei, uma imagem vale por mil palavras.

— Não — gaguejou ele. — É por que, mesmo se você visse pessoalmente, seria difícil de explicar.

Sem saber o que dizer, esperei que ele continuasse.

— Não estou querendo botar banca, nem zombando de você... Enfim, gostaria de encontrá-lo.

— Está bem.

— Que tal hoje, às cinco horas?

— Tudo bem — respondi. — E dá para jogar?

— É claro — disse ele.

Agradeci, desliguei o telefone e voltei a comer o espaguete.

— Aonde você vai?
— Vou jogar pinball. Não sei onde.
— Pinball?
— É, aquele jogo que você rebate a bolinha com os *flippers* e...
— Eu sei o que é. Mas por que você vai jogar isso?
— Hum, não sei... Há muitas coisas neste vasto mundo que nossa filosofia não alcança.
Ela apoiou um cotovelo sobre a mesa e refletiu.
— Você é bom no pinball?
— Costumava ser. É a única coisa de que eu posso me orgulhar.
— Bom, eu não posso me orgulhar de nenhuma.
— Assim você não tem nada a perder.
Ela voltou a pensar, e eu terminei de comer o espaguete. Depois peguei uma ginger ale na geladeira.
— As coisas que, cedo ou tarde, você vai perder, não têm muito sentido. "A glória das coisas passageiras não é a verdadeira glória", sabe?
— Quem disse isso?
— Não lembro quem foi. Mas, de qualquer jeito, é isso mesmo.
— E tem alguma coisa no mundo que a gente não vá perder?
— Quero crer que sim. É melhor você acreditar também.
— Vou tentar.
— Talvez eu seja otimista demais... Mas não sou tão burro, não.
— Eu sei.
— Sem querer me gabar, isso é bem melhor do que o oposto.
Ela concordou.
— Então hoje à noite você vai jogar pinball, né?
— Ahá.
— Levanta os braços.

Eu ergui os dois braços para o teto. Ela examinou com atenção as axilas do meu suéter.

— O.k., pode ir.

*

Me encontrei com o professor de espanhol no mesmo café de antes, e já pegamos um táxi. Vai direto pela avenida Meiji, disse ele. Depois que o carro partiu ele pegou um maço, acendeu um cigarro e me ofereceu um, também. Vestia um terno cinza e uma gravata azul com três listras diagonais. Sua camisa também era azul, um pouco mais clara do que a gravata. Eu estava de suéter cinza e calça jeans, e calçava minhas botinas encardidas de camurça. Me sentia um mau aluno chamado à sala dos professores.

Quando o táxi cruzou a avenida Waseda, o motorista perguntou se devia seguir em frente. É na avenida Mejiro, disse o professor. Um pouco adiante, o táxi virou nessa avenida.

— É muito longe? — perguntei.

— É bem longe — respondeu ele, e tateou para pegar o segundo cigarro.

Por algum tempo, acompanhei com os olhos as lojas que passavam ao lado da janela.

— Tive um trabalhão para encontrar essa máquina — disse ele. — Primeiro tentei uma lista de fanáticos por pinball. Umas vinte pessoas, no país todo, não só em Tóquio. Mas não deu em nada. Ninguém tinha nenhuma informação nova, além do que nós já sabíamos. Em seguida, tentei os comerciantes que trabalham com máquinas usadas. Não são muitos, só que era difícil convencê-los a olhar a lista de máquinas que tinham comprado, porque é muita coisa.

Eu assenti e observei enquanto ele acendia o cigarro.

— Mas eu sabia o período, o que ajudou. Sabemos que foi em fevereiro de 1971. Então consegui que procurassem pra mim. E estava lá, Gilbert & Sands, Spaceship, número de série 165 029. Três de fevereiro de 1971, descarte.

— Descarte?
— É, para o ferro-velho. Que nem aquele negócio no filme do Goldfinger. Esmagam tudo em forma de cubo e depois reciclam, ou usam em aterros...
— Mas você disse que...
— Calma, escuta. Eu desisti, agradeci ao funcionário da loja e voltei para casa. Mas tinha alguma coisa me incomodando. Uma intuição, me dizendo que não era isso o que tinha acontecido. No dia seguinte, voltei nessa loja e fui ao ferro-velho. Passei uma meia hora observando o serviço de descarte, depois fui ao escritório e dei meu cartão. O cartão de professor universitário surte um bom efeito com quem não entende muito do assunto, sabe.

Ele falava um pouco mais rápido do que da outra vez em que nos vimos. Eu não sabia exatamente por quê, mas isso me deixava desconfortável.

— Falei pro sujeito que estava escrevendo um livro e pra isso queria saber como funciona o trabalho em um ferro-velho. "Ele se dispôs a me ajudar, mas não sabia nada sobre uma máquina de pinball de fevereiro de 1971. Era de se esperar. Já faz dois anos e meio, e ele não acompanha cada detalhe do que chega. Só junta tudo e esmaga, fim. Então fiz uma última pergunta: se por acaso eu quisesse alguma coisa daqui, como uma máquina de lavar ou uma carroceria de moto, e pagasse por isso, vocês vendem? Claro, ele respondeu. Já aconteceu isso antes?, perguntei."

O pôr do sol de outono acabou num instante, e a escuridão já começava a cobrir as ruas. O carro estava chegando aos subúrbios.

— Ele disse que se eu quisesse mais detalhes devia perguntar para o responsável da administração no primeiro andar. Eu fui até lá, é claro, e perguntei para ele se não tinham vendido uma máquina de pinball em fevereiro de 1971. Tinham sim, disse ele. Perguntei quem era o comprador, e ele me deu um número de telefone. Parece que essa pessoa pediu pra ser avisada sempre que aparecer alguma máquina de pinball. Ela dá um trocado para eles por isso. Perguntei quantas ele já tinha comprado, e ele falou que o sujeito examina cada máquina, às vezes leva, outras não, então era difícil dizer exatamente quantas. Mas eu insisti, falei que podia ser só uma estimativa, então ele me contou: não menos do que cinquenta máquinas.

— Cinquenta?! — exclamei.

— Pois é — disse ele. — É essa pessoa que nós estamos indo visitar.

21

Tudo ao redor já estava completamente escuro. Não era um preto monocromático, mas uma sobreposição de espessas camadas de tinta, espalhadas como manteiga.

Com o rosto encostado à janela do táxi, fui olhando essa escuridão por todo o caminho. Era curiosamente plana, como uma matéria sem substância cortada por uma faca muito afiada. A sensação de perspectiva era estranha. Um enorme pássaro noturno bloqueava minha visão, com as asas estendidas diante dos meus olhos.

Conforme avançávamos, as casas ficavam cada vez mais esparsas, até que ao nosso redor havia apenas pradarias e bosques, de cujo chão brotavam as vozes de dezenas de milhares de insetos. As nuvens baixas pareciam rochedos, e tudo sobre a terra se encolhia calado, no escuro. Apenas os insetos se alastravam pelo solo.

Eu e o professor de espanhol não dissemos mais nenhuma palavra, só fumávamos, em turnos. O motorista também fumava, com o olhar fixo nas luzes dos faróis. Eu tamborilava com a ponta dos dedos nos joelhos, involuntariamente. Volta e meia era tomado pelo impulso de escancarar a porta do táxi e sair correndo.

Quadros de distribuição, tanques de areia, campos de golfe, suéteres descosturando, máquinas de pinball... Até onde será que preciso ir? Eu estava completamente desnorteado, com a mão cheia de cartas desconexas. Queria desesperadamente voltar para casa. Tomar um banho, uma cerveja, e me enfiar o mais rápido possível na minha cama aconchegante, com meus cigarros e meu Kant.

Por que será que eu estou aqui, atravessando essa escuridão? Cinquenta máquinas de pinball, é idiota demais. É um sonho. É só mais um sonho sem substância alguma.

E, no entanto, a Spaceship de três *flippers* continuava me chamando.

*

O professor de espanhol mandou o taxista parar em um terreno baldio a uns quinhentos metros da estrada. O terreno era plano e coberto por uma relva que roçava em nossos tornozelos, como a parte rasa do mar. Eu desci do táxi, me espreguicei e respirei fundo. Senti cheiro de galinheiro. Não havia nenhuma luz à vista, só a iluminação da estrada ao longe delineava os contornos indistintos da paisagem. O canto de infinitos insetos nos rodeava. Pareciam querer nos arrastar pelos pés para algum lugar longe dali.

Passamos algum tempo calados, acostumando os olhos à escuridão.

— Ainda estamos em Tóquio?

— Claro. Não parece?

— Parece o fim do mundo.

O professor de espanhol assentiu com ar muito sério e não disse nada. Fumamos um cigarro sentindo o perfume da relva e o cheiro de titica. A fumaça pairava densa e baixa como antigos sinais de fumaça.

— Tem um alambrado ali.

Ele apontou para dentro da noite, esticando o braço reto diante do rosto como se estivesse num estande de tiro. Eu apertei os olhos e enxerguei algo que parecia um alambrado.

— Siga em frente por uns trezentos metros ao longo desse alambrado. No final, vai encontrar um armazém.

— Um armazém?

Ele concordou sem se voltar.

— Isso. É bem grande, você vai ver logo. Era o armazém frigorífico de uma granja, mas não é mais usado. A granja faliu.

— Mas continua com cheiro de galinha.

— Cheiro? ... Ah, é que já ficou impregnado no terreno. Quando chove é pior ainda. Parece que você ouve até o barulho das asas.

Não dava para ver nada depois do alambrado, só aquele escuro assustador. Até o canto dos insetos era sufocante.

— A porta do armazém está destrancada. O dono deixou aberta pra você. A máquina que você procura está lá dentro.

— Você entrou lá?

— Sim, ele me deixou entrar. Uma vez só — assentiu ele, com o cigarro na boca. A brasa laranja se agitou no escuro. — O interruptor da luz fica do lado direito da porta, dentro do armazém. Cuidado com os degraus.

— Você não vem?

— Não, vá sozinho. Foi esse o combinado.

— Combinado?

Ele jogou o cigarro no chão e o esmagou com cuidado no meio da relva.

— Isso. Ele disse que você pode ficar quanto tempo quiser. Quando sair, apague a luz.

O ar estava ficando gelado, pouco a pouco. O frio emanava do chão e nos envolvia.

— Você conheceu o dono?

— Conheci — respondeu ele, depois de uma pausa.

— Como ele é?

O professor encolheu os ombros, tirou um lenço do bolso e assoou o nariz.

— Não tinha nenhuma característica muito marcante. Nada visível, pelo menos.

— E porque ele juntou mais de cinquenta máquinas de pinball?

— Bom, tem todo tipo de gente no mundo. Só isso.

Eu não achava que fosse só isso. Mas agradeci ao professor, me despedi, e caminhei ao longo da cerca do armazém. Não é só isso, pensei. Colecionar cinquenta máquinas de pinball não é bem a mesma coisa que colecionar cinquenta rótulos de vinho.

O armazém parecia um animal enrodilhado. Nas paredes cinza, que se erguiam bruscamente em meio ao mato alto e cercado, não havia nenhuma janela. Era uma construção melancólica. Acima das portas duplas de ferro havia algo escrito, provavelmente o nome da granja, que fora recoberto por tinta branca.

Parei a uns dez metros do prédio e o observei por algum tempo. Por mais que eu me esforçasse, não me vinha nenhum pensamento inteligente. Desisti, caminhei até a entrada e empurrei a porta de ferro fria como gelo. Ela se abriu sem fazer barulho, e um outro tipo de escuridão se revelou diante dos meus olhos.

22

No escuro, apertei o interruptor na parede. Alguns segundos depois, as lâmpadas fluorescentes do teto piscaram, e a luz branca inundou o interior do armazém. Devia haver pelo menos cem lâmpadas ali. O armazém era maior do que parecia por fora, mas, ainda assim, era uma quantidade opressiva de luzes. Ofuscado, fechei os olhos. Quando os abri novamente, um momento depois, a escuridão havia desaparecido e restavam apenas o silêncio e o frio.

O armazém parecia o interior de uma geladeira gigante, o que era de se esperar, considerando o seu propósito original. As paredes sem janelas e o teto eram pintados com uma tinta branca brilhante, mas por toda a parte havia *manchas* — amarelas, pretas, de cores irreconhecíveis. Dava para ver que as paredes eram incrivelmente grossas, o que fazia eu me sentir como se tivesse sido enfiado em uma gigantesca caixa de chumbo. Me voltei repetidas vezes para olhar a porta, apavorado pela sensação de que talvez eu nunca mais fosse sair dali. Era difícil imaginar uma construção mais desagradável.

Olhando com muito boa vontade, talvez aquele lugar lembrasse um cemitério de elefantes. Em vez das ossadas encurvadas desses animais, eram as máquinas de pinball que se enfileiravam sobre o chão de concreto, a perder de vista.

Parado no alto da escada, encarei aquela paisagem extraordinária. Minha mão cobriu a boca num gesto involuntário, depois voltou para o bolso.

Era uma quantidade assustadora de máquinas de pinball. Setenta e oito, para ser exato. Contei todas as máquinas com calma, várias vezes. Eram setenta e oito, sem dúvida. Estavam enfileiradas até a parede oposta, em oito colunas, todas voltadas para o mesmo lado. As filas não desviavam um só centímetro, como se tivessem sido dispostas sobre uma linha reta traçada a giz. Tudo estava imóvel, como uma mosca presa dentro da resina. Nem o mais ínfimo movimento. Setenta e oito mortes, setenta e oito silêncios. Agitei o corpo por reflexo, pois sentia que se não fizesse isso me tornaria mais um naquele exército de gárgulas.

Fazia frio. E, realmente, aquele lugar cheirava a galinha morta.

Desci devagar os cinco degraus estreitos de concreto. Na parte de baixo fazia ainda mais frio. E ainda assim eu suava, um suor desagradável. Tirei um lenço do bolso e me sequei. Só não havia o que fazer sobre o suor que se acumulava nas minhas axilas. Sentei no primeiro degrau da escada e acendi um cigarro com as mãos trêmulas. A Spaceship de três *flippers*... não era assim que eu queria reencontrá-la. Ela também devia estar sentindo o mesmo... Talvez.

Desde que eu tinha fechado a porta não se ouvia mais nenhum barulho dos insetos. O silêncio absoluto pairava sobre o mundo como uma névoa densa e estagnada. As setenta e oito máquinas de pinball firmavam seus trezentos e doze pés sobre o chão para suportar, impassíveis, seu peso sem destino. Era uma cena trágica.

Ainda sentado, experimentei assobiar os quatro primeiros compassos de "Jumpin' with Symphony Sid". Stan Getz e seu *head-shaking and foot-tapping rhythm section*... No vasto armazém frigorífico nada obstruía o som, e meu assobio ressoou maravilhosamente límpido. Eu me senti um pouco melhor, e continuei com os quatro compassos seguintes. E depois mais quatro. Tinha a impressão de que todas as coisas apuravam os ouvidos para me escutar. Naturalmente, ninguém sacudia a cabeça nem marcava o tempo com os pés. Meus assobios só eram engolidos pelos cantos do armazém e desapareciam.

— Que frio desgraçado — murmurei para mim mesmo depois de assobiar a música inteira. A voz que ecoou não soava como a minha. Ela bateu contra o teto e esvoaçou rumo ao chão como uma névoa. Suspirei, com o cigarro entre os lábios. Não podia ficar sentado ali para sempre, fazendo uma performance solo. Se eu ficasse parado, o frio ia se infiltrar, junto com o cheiro de galinha, até o cerne do meu ser. Me levantei e espanei a poeira gelada da minha calça. Depois apaguei o cigarro com o sapato e joguei a guimba em uma lata de lixo ao meu lado.

Pinball... O pinball. Não foi para isso que eu tinha vindo até aqui? O frio parecia congelar até meus pensamentos. Pensa direito. Pinball. Setenta e oito máquinas de pinball... Certo, o interruptor. Deve haver em algum lugar desse armazém um interruptor capaz de trazer de volta à vida setenta e oito máquinas de pinball... Vamos achar o interruptor.

Caminhei ao longo da parede do armazém, com as mãos enfiadas nos bolsos da calça jeans. Restos de fios elétricos e canos de chumbo partidos pendiam das paredes inexpressivas, lembranças de quando aquela construção ainda servia como frigorífico. Máquinas diversas, contadores, caixas de passagem elétrica e interruptores pareciam ter sido arrancados à força das paredes, deixando apenas buracos vazios. As paredes eram muito mais pegajosas vistas de perto, como se estivessem cobertas pelos rastros de lesmas gigantes. Ao caminhar, me dei conta de que o edifício era gigantesco. Extraordinariamente grande para um armazém frigorífico de uma granja.

Do lado oposto à escada que eu descera, havia outra escada. E no alto dela, outra porta de ferro. Tudo era tão perfeitamente igual que me perguntei se não teria dado a volta completa. Experimentei empurrar a porta, mas ela não se moveu nem um centímetro. Não tinha tranca nem cadeado, mas estava imóvel como se tivesse sido colada. Tirei a mão da porta e limpei o suor do rosto, sem pensar. Minha mão cheirava a galinha.

Encontrei o interruptor ao lado dessa porta. Era um interruptor grande, de alavanca. Liguei-o e, imediatamente, um ronco grave irrompeu ao meu redor, brotando das profundezas do chão. Era um som de gelar a espinha. Em seguida, veio um farfalhar de asas como se milhares de pássaros se agitassem. Me virei para olhar o armazém. Aquele era o som de setenta e oito máquinas de pinball aspirando a energia e revolvendo seus placares para expor milhares de zeros. Quando essa agitação se acalmou, restou apenas o zumbido da eletricidade, como abelhas numa colmeia. O armazém foi preenchido pela vida efêmera de setenta e oito máquinas de pinball. O *playfield* de cada máquina piscava suas luzes de cores vivas, e em cada gabinete as ilustrações exibiam um sonho diferente.

Eu desci a escada e caminhei devagar por entre as setenta e oito máquinas, como um superior passando em revista suas tropas. Havia modelos vintage que eu só vira em fotos, modelos saudosos que eu conhecia dos fliperamas, e modelos que haviam desaparecido ao longo do tempo sem que ninguém sequer notasse. Tinha a Friendship 7, da Williams... como chamava mesmo o astronauta desenhado na lateral? Glen...? É do começo da década de 1960. E também a Grand Tour, da Bally, com seu céu azul, a Torre Eiffel, o *Happy American Traveler*... Kings & Queens, da Gottlieb, um modelo com oito pistas *rollover*. Um jogador de cartas do velho oeste com seu ar indiferente, o bigode bem cuidado e um às de espadas escondido na presilha das meias...

Super-heróis, monstros, jovens universitárias, futebol americano, foguetes e mulheres... Eram todos sonhos ordinários, que desbotavam e apodreciam no escuro dos fliperamas. Dos desenhos nos gabinetes, todo tipo de heróis e mulheres sorriam para mim. Loiras, platinadas, morenas, ruivas, jovens mexicanas de cabelos negros, mulheres de rabo de cavalo, jovens havaianas com o cabelo até a cintura, Ann-Margret, Audrey Hepburn, Marilyn Monroe... Todas empinavam orgulhosas seus seios estupendos, alguns sob blusas quase transparentes com os botões abertos até a cintura, outros debaixo de maiôs, outros dentro de sutiãs pontiagudos... Estavam claramente desbotadas, mas seus seios jamais perderiam a forma. E as lâmpadas continuavam a piscar, acompanhando as batidas dos seus corações. Setenta e oito máquinas de pinball, era como um cemitério de sonhos tão antigos dos quais eu nem me lembrava mais. Fui passando devagar ao lado dessas mulheres.

A Spaceship de três *flippers* estava me esperando na outra extremidade da fila. Espremida entre suas colegas espalhafatosas, ela tinha um ar tranquilo, como se me esperasse na clareira de uma floresta, sentada sobre uma pedra. Parei diante dela e olhei saudoso para o seu painel. O espaço sideral de um azul profundo, como uma tinta derramada sobre a tela. E as pequenas estrelas brancas. Saturno, Marte, Vênus... Em primeiro plano, o branco intenso de uma nave espacial. Pela janela da nave vê-se uma luz, parece que vive lá dentro uma família feliz. O rastro de várias estrelas cadentes corta a escuridão.

O *playfield* também é exatamente como eu me lembrava. O mesmo azul-escuro. Os alvos brancos como dentes vistos de relance num sorriso. Nas dez lâmpadas de bônus reunidas em forma de estrela a luz, de um amarelo vivo, se move devagar, para baixo e para cima. Os *kickout holes* são Saturno e Marte, o *spinner* é Vênus... Tudo envolto pela mais perfeita tranquilidade.

Oi, disse eu. Ou talvez não tenha dito. Seja como for, pousei as mãos sobre o vidro do gabinete. Ele estava frio como gelo. O calor das minhas mãos embaçou o vidro, deixando ali o formato de dez dedos. Ela finalmente despertou e sorriu para mim. Eu sorri de volta.

Parece que faz muito tempo que não te vejo, diz ela. Eu finjo pensar, contando nos dedos. Já faz três anos... o tempo voa.

Nós dois concordamos e passamos algum tempo calados. Se estivéssemos em um café, seria o momento de tomar pequenos goles das nossas bebidas ou brincar com a renda da cortina.

Penso muito em você, digo eu. Isso me deixa bem mal.

Quando você não consegue dormir?

É, quando não consigo dormir, repito. O sorriso dela continua firme.

Não tá com frio?, pergunta ela.
Tô sim, congelando.
É melhor você não ficar muito tempo. Aqui é frio demais pra você.
Talvez seja, respondo. Tiro do bolso um cigarro com as mãos tremendo, acendo e dou um trago.
Não quer jogar?, pergunta ela.
Não quero, respondo.
Por que não?
Meu recorde foi 165 000. Lembra?
Claro que lembro. Foi o *meu* recorde também.
Não quero estragar ele, digo.
Ela se cala. Só as dez lâmpadas de bônus continuam piscando, para cima e para baixo. Eu fumo olhando para os pés.
Por que você veio?
Porque você me chamou.
Chamei? Ela fica confusa, depois sorri, sem jeito. É mesmo... Talvez eu tenha chamado.
Te procurei por todo lado.
Obrigada, diz ela. Me conta alguma coisa.
Tá tudo muito diferente, digo eu. O fliperama onde você ficava virou uma loja de donuts vinte e quatro horas. Servem um café tenebroso.
Tão ruim assim?
Sabe as zebras que aparecem naqueles filmes velhos da Disney, quase morrendo? O café é igualzinho à água suja que elas bebem.
Ela ri baixinho. Fica tão linda quando sorri. Mas aquele bairro era um lugar desagradável, diz, séria. Tudo tão malfeito, tão sujo...
Aquela época era assim mesmo.
Ela faz que sim, várias vezes. O que você tem feito agora?
Sou tradutor.
De literatura?
Não, respondo. Só da espuma que brota do dia a dia. É tirar a água de uma fossa e jogar em outra, só isso.

Você não gosta?

Hum... nunca pensei sobre isso.

Tem uma namorada?

Talvez você não acredite em mim, mas estou morando com duas gêmeas. Elas fazem um café delicioso.

Ela olha para o horizonte, com o sorriso ainda nos lábios. É estranho, parece que nada daquilo aconteceu de verdade.

Não... aconteceu, sim. Só que depois tudo desapareceu.

Isso te deixa triste?

Não. Sacudo a cabeça. As coisas vêm do nada, depois voltam pra lá, só isso.

Nos calamos novamente. Tudo o que nós tínhamos em comum era um fragmento de tempo que já morrera havia muito. No entanto, até hoje as lembranças ternas desses dias, como uma luz distante, continuavam vagando pelos nosso peito. E provavelmente essa luz me acompanhará ao longo de todo o meu caminho neste tempo efêmero, até que a morte me agarre e me lance novamente para o caldeirão do nada.

É melhor você ir embora, diz ela.

Realmente, o frio tá ficando insuportável. Tremendo, apago o cigarro com o sapato.

Obrigada por ter vindo me ver, diz ela. Talvez a gente não se veja mais, mas se cuida, tá?

Obrigado, digo eu. Adeus.

Passei pelas fileiras de *pinball*, subi a escada, desliguei o interruptor. A eletricidade desapareceu das máquinas como o ar escapando de balões, e então o silêncio e o sono cobriram tudo ao meu redor. Cruzei mais uma vez o armazém, subi a escada, apaguei as luzes e fechei a porta atrás de mim. Durante todo esse tempo, não olhei para trás. Não olhei para trás nem sequer uma vez.

*

Quando cheguei em casa, de táxi, já era quase meia-noite. As gêmeas estavam deitadas na cama completando as palavras cruzadas da revista semanal. Meu rosto estava esverdeado de tão pálido, e todo o meu corpo cheirava a galinha congelada. Enfiei todas as roupas que eu vestia na máquina de lavar e tomei um banho de banheira. Precisei de meia hora dentro da água quente para voltar a me sentir uma pessoa normal, mas nem isso dissolveu o frio que penetrara até minha espinha.

As gêmeas tiraram um aquecedor a gás do armário e o acenderam para mim. Depois de uns quinze minutos parei de tremer, descansei um pouco e esquentei uma sopa de cebola enlatada.

— Agora eu já estou bem — disse a elas.
— Mesmo?
— Você ainda tá gelado — disseram as duas, pegando meu pulso.
— Já, já eu esquento.

Então nos enfiamos na cama e solucionamos as duas últimas linhas das palavras cruzadas. Uma era *truta-arco-íris* e a outra *vereda*. Meu corpo logo se aqueceu, e nós três caímos em um sono profundo, sem saber quem adormecera primeiro.

Sonhei com Trótski e as quatro renas. Todas as renas vestiam meias de lã. Um sonho terrivelmente gelado.

23

O Rato não se encontrou mais com a mulher. Também parou de ir ver as luzes do apartamento dela. Parou até de se aproximar da janela. Como a fumaça depois que uma vela se apaga, dentro do seu peito alguma coisa flutuou um instante na escuridão e desapareceu. E então um silêncio escuro o envolveu por completo. Silêncio. O que resta quando se arranca, um a um, todos os invólucros? O Rato não sabia dizer. Orgulho? Deitado na cama, ele ficava olhando para as próprias mãos. Uma pessoa provavelmente não consegue viver sem orgulho. Mas é muito sombrio pensar que seja só isso. É sombrio demais.

Foi fácil terminar com a mulher. Bastou, certa sexta-feira, não ligar para ela. Talvez ela tenha ficado esperando até tarde da noite. Imaginar isso deixava o Rato agoniado. Ele teve que se controlar muitas vezes para não pegar o telefone. Botou um fone de ouvido e ficou ouvindo discos no último volume. Sabia que ela não ia ligar, mas, mesmo assim, tinha medo de ouvir o toque do telefone.

Depois de esperar até meia-noite, ela provavelmente vai desistir. Então vai lavar o rosto, escovar os dentes e se enfiar sob as cobertas. Vai pensar que talvez o telefone toque na manhã seguinte. Vai apagar a luz e dormir. Na manhã de sábado o telefone também não tocará. Ela vai abrir a janela, preparar o café da manhã, regar as plantas. E depois de esperar até o começo da tarde, aí sim, vai desistir de verdade. Vai pentear o cabelo diante do espelho e sorrir várias vezes como se estivesse treinando. E pensar que, bom, isso estava mesmo fadado a terminar assim.

Todo esse tempo o Rato passou enfurnado no quarto, com as persianas totalmente fechadas, assistindo aos ponteiros do relógio na parede. O ar de toda a casa não se movia nem um milímetro. Um sono leve passou pelo seu corpo algumas vezes. Os ponteiros do relógio já tinham perdido todo o sentido. Só a escuridão ficava ora mais densa, ora mais suave. O Rato suportou enquanto seu corpo perdia pouco a pouco a consistência, perdia o peso, perdia a sensibilidade. Afinal, há quantas horas será que eu estou aqui?, pensou ele. A parede à sua frente oscilava devagar com cada respiração. A atmosfera densa começava a invadir seu corpo. E então, calculando que em breve não conseguiria mais suportar, o Rato se ergueu, tomou um banho e fez a barba, com a mente entorpecida. Se secou, tomou um suco de laranja que estava na geladeira. Colocou um pijama limpo, deitou na cama e pensou que agora estava tudo acabado. Então um sono profundo o dominou. Um sono incrivelmente profundo.

24

— Resolvi ir embora da cidade — disse o Rato para o J.

Eram seis horas da tarde, e o bar tinha acabado de abrir. O balcão estava encerado, não havia uma só guimba nos cinzeiros. As garrafas estavam todas brilhantes, enfileiradas com os rótulos virados para a frente. Guardanapos de papel cuidadosamente dobrados, saleiros e potes de tabasco estavam dispostos em pequenas bandejas. J estava preparando três tipos de molho de salada em três vasilhas. O cheiro de alho pairava à sua volta como uma pequena névoa. Era a hora desses preparativos cotidianos.

O Rato disse isso enquanto cortava as unhas com um cortador emprestado pelo J, juntando as aparas em um cinzeiro.

— Embora? Pra onde?

— Não sei pra onde. Algum lugar que eu não conheça. De preferência não muito grande.

Com um funil, J despejou os molhos em frascos. Guardou os três potes na geladeira e limpou as mãos numa toalha.

— E o que você vai fazer lá?

— Trabalhar...

O Rato terminou de cortar as unhas da mão esquerda e examinou os próprios dedos várias vezes.

— Não dá pra trabalhar aqui mesmo?

— Não dá — disse o Rato. — Queria uma cerveja...

— É por minha conta.

— Muito agradecido.

O Rato serviu devagar a cerveja em um copo gelado, e tomou metade em um gole.

— Você não vai perguntar por que é que não posso fazer isso aqui mesmo?

— Acho que eu entendo o porquê...

O Rato riu, e estalou a língua.

— Pô, J, assim não dá. Se todo mundo se entender sem perguntar nem responder nada, a gente não chega a lugar nenhum. Eu não queria falar isso, mas... eu acho que passei tempo demais vivendo num mundo assim.

— Pode ser — disse o J, depois de pensar por um momento.

O Rato bebeu mais um gole de cerveja e começou a cortar as unhas da mão direita.

— Eu pensei bastante, mesmo. Será que não vai ser tudo igual, em qualquer lugar que eu vá? Mas, mesmo assim eu vou. Se for igual, tudo bem.

— E você não vai mais voltar?

— Um dia eu volto, claro. Algum dia. Não é como se eu tivesse saindo fugido daqui.

O Rato pegou um amendoim de um pratinho, partiu com um estalo sua casca enrugada e jogou-a no cinzeiro. Depois secou com um guardanapo o suor da cerveja que se acumulara sobre o balcão recém-encerado.

— Quando você vai?

— Amanhã, ou depois de amanhã, não sei. Acho que nos próximos três dias. Já está tudo pronto.

— Decidiu de repente, hein?

— É... Dei muito trabalho pra você, também.

— Bom, aconteceu muita coisa. — J assentiu várias vezes, enquanto lustrava os copos da cristaleira com um pano seco. — Mas depois que as coisas passam, tudo parece um sonho.

— Talvez você tenha razão. Mas, sabe... acho que ainda vai levar muito tempo até eu realmente conseguir pensar assim.

O J riu, depois de alguns instantes.

— É mesmo. Às vezes eu esqueço que já sou uns vinte anos mais velho que você...

O Rato serviu o resto da cerveja e bebeu devagar. Ele nunca tinha tomado uma cerveja tão devagar.

— Quer outra?

O Rato sacudiu a cabeça.

— Não, tudo bem. Eu bebi essa como a última. A última que eu tomo *aqui*.

— Então você não vem mais?

— É o plano. Seria muito difícil.

O J sorriu.

— A gente se vê de novo algum dia.

— Capaz de você não me reconhecer da próxima vez, hein!

— Eu reconheço pelo cheiro.

O Rato examinou devagar as mãos de unhas curtas, enfiou o resto dos amendoins no bolso, limpou a boca com o guardanapo e se levantou.

*

O vento soprava silenciosamente, como se corresse por uma fenda invisível na escuridão. Agitava de leve os galhos das árvores, cujas folhas não paravam de cair. Caíam sobre o teto do carro com um pequeno ruído seco e deslizavam de um lado para o outro por um tempo, antes de escorregar pelo declive do para-brisa e se acumular no para-lama.

Sozinho dentro do bosque do cemitério, o Rato olhava para além do para-brisa. Todas as palavras o haviam abandonado. Alguns metros adiante do carro, o terreno acabava bruscamente, e depois disso havia apenas o céu, o mar e as luzes da cidade lá embaixo. O corpo inclinado para a frente, as duas mãos sobre o volante, o Rato encarava fixamente um ponto no céu. Tinha entre os dedos um cigarro apagado, cuja extremidade desenhava no vazio pequenos padrões elaborados e sem sentido.

Depois de conversar com o J, uma letargia insuportável o invadira. De repente, os vários cursos da sua consciência, que até então ele mantinha unidos com muito esforço, se espalharam em diversas direções. O Rato não sabia até onde eles precisariam chegar para se unirem novamente. Eram correntezas sombrias, às quais restava apenas desaguar, cedo ou tarde, na vastidão do mar. Talvez nunca mais se reencontrassem. Quem sabe ele tinha vivido cada um desses vinte e cinco anos só para isso. Por quê?, perguntou o Rato a si mesmo. Não sei. É uma boa pergunta, mas não tem resposta. As boas perguntas nunca têm resposta.

O vento ficou ainda mais forte, varrendo para um mundo distante o leve calor que brotava das atividades humanas. No fundo da escuridão gelada que o vento deixava no seu rastro, brilhavam infinitas estrelas. O Rato tirou as mãos do volante, ficou por algum tempo com o cigarro apagado entre os lábios e, como se só agora tivesse se lembrado disso, acendeu-o com um isqueiro.

Sua cabeça doía um pouco. Mais do que dor, era uma sensação estranha, como se dedos gelados apertassem suas têmporas. Ele sacudiu a cabeça para afastar os pensamentos. Seja como for, acabou.

Tirou do porta-luvas um guia rodoviário nacional e virou as páginas devagar. Experimentou ler o nome de algumas cidades em voz alta. A maioria eram cidades pequenas das quais ele nunca ouvira falar. Elas se enfileiravam ao longo das rodovias, uma após a outra. Tinha lido algumas páginas quando o cansaço dos últimos dias se abateu sobre ele subitamente, como uma onda gigantesca. Uma massa morna avançava devagar por suas veias.

Ele queria dormir.

Sentia que o sono iria apagar por completo todas as coisas. Se pelo menos conseguisse dormir...

Quando fechou os olhos, o som das ondas alcançava os seus ouvidos. As ondas de inverno que se chocam contra o quebra-mar e recuam por entre os blocos de concreto.

Assim eu não preciso explicar mais nada pra ninguém, pensou o Rato. O fundo do mar deve ser mais quente que qualquer cidade, deve ser repleto de tranquilidade e silêncio. Não, não preciso pensar em mais nada. Mais nada...

25

O ruído do pinball desapareceu totalmente da minha vida. Assim como os pensamentos sem destino. É claro que isso não quer dizer que todos viveram felizes para sempre, como no Rei Arthur e os Cavaleiros da Távola Redonda. Isso só acontece muito depois. Quando meu cavalo estiver exausto, minha espada se partir e minha armadura enferrujar, me deitarei em um campo florido para, tranquilo, escutar o vento. Irei percorrer o caminho que for preciso percorrer, quer ele me leve para o fundo de um lago ou para o armazém frigorífico de uma granja.

O que eu tenho para oferecer como epílogo para este breve período da minha vida é trivial, como um varal exposto à chuva.

É o seguinte:

Certo dia, as gêmeas compraram uma caixa de cotonetes no supermercado. Uma caixa com trezentos cotonetes. Desde então, sempre que eu saía do banho elas limpavam minhas orelhas, as duas ao mesmo tempo, cada uma sentada de um lado. Elas eram realmente muito boas em limpar orelhas. De olhos fechados, eu tomava uma cerveja e escutava o som seco dos dois cotonetes dentro dos meus ouvidos. Só que certa noite, bem no meio desse processo, eu espirrei. E, no mesmo instante, fiquei quase totalmente surdo dos dois ouvidos.

— Você tá me ouvindo? — perguntou a da direita.
— Bem baixinho — respondi.
Minha própria voz ecoava atrás do meu nariz.
— E deste lado? — perguntou a da esquerda.
— Tá igual.

— Quem mandou você espirrar!

— Que burrice!

Eu suspirei. Parecia que eu estava diante de uma pista de boliche e os pinos 7 e 10, ainda em pé lá no fundo, tentavam conversar comigo.

— Se você beber água, será que passa?

— Tá maluca? — berrei, irritado.

Mesmo assim, as duas me fizeram tomar um balde inteiro de água, o que só me deu dor de estômago. Meus ouvidos não doíam, então sem dúvida o que tinha acontecido é que a cera tinha sido empurrada para dentro quando espirrei. Era a única explicação que me ocorria. Tirei do armário duas lanternas e pedi que examinassem meus ouvidos. As duas passaram longos minutos iluminando as profundezas dos meus ouvidos, como espeleólogas.

— Não tem nada.

— Nem uma poeirinha.

— Então por que é que eu não estou ouvindo nada? — berrei novamente.

— Acho que acabou a vida útil das suas orelhas.

— É isso, agora você é surdo.

Ignorei as duas, olhei na lista telefônica e liguei para o otorrino mais perto de casa. Foi muito difícil ouvir a voz do outro lado do telefone, mas, talvez por isso mesmo, a enfermeira se sensibilizou e disse para eu ir imediatamente, pois ela iria manter o consultório aberto até um pouco mais tarde. Nos vestimos correndo, saímos de casa e caminhamos acompanhando o corredor de ônibus.

A médica era uma mulher dos seus cinquenta anos e, apesar de seu penteado lembrar um emaranhado de arame farpado, parecia uma pessoa agradável. Ela abriu a porta da sala de espera, bateu palmas para silenciar as gêmeas, me mandou sentar e perguntou, com ar de enfado, o que é que tinha acontecido.

Quando eu terminei de explicar, ela disse que já tinha entendido, então que eu, por favor, parasse de gritar. Pegou uma seringa gigante sem agulha, encheu-a de um líquido cor de caramelo e me fez segurar abaixo da orelha um negócio parecido com um megafone de latão. A seringa entrou no meu ouvido, o líquido cor de caramelo se espalhou por dentro dele como uma manada de zebras descontroladas e depois escorreu ao longo da orelha para dentro do megafone. Ela repetiu a operação três vezes, depois cutucou meu ouvido com um pequeno algodão. Quando ela terminou de fazer isso nos dois ouvidos, eu voltei a escutar normalmente.

— Estou escutando tudo! — exclamei.
— *Cera de ouvido* — resumiu ela.

Parecia uma resposta naquele jogo de crianças em que você tem que falar uma palavra com a última sílaba da anterior.

— Mas não dava pra ver nada!
— É que ele é curvo.
— Curvo?
— O seu ouvido tem uma curva muito maior do que o das outras pessoas.

Ela desenhou um esquema do meu ouvido no fundo de uma caixa de fósforos.

Parecia uma cantoneira.

— Então, se a sua cera de ouvido passar desta curva aqui, você pode chamar a vontade, que ela não volta mais.

Eu soltei um grunhido.

— E o que eu devo fazer?
— O que deve fazer? Tomar cuidado quando for limpar os ouvidos. *Tomar cuidado*.
— E fora isso, ter o ouvido mais curvo do que as outras pessoas tem algum outro efeito?
— Algum outro efeito?
— É, por exemplo... psicológico?
— *Não* — respondeu ela.

Voltamos para casa por dentro do campo de golfe, um caminho quinze minutos mais longo. A curva tipo *dogleg* perto do buraco onze parecia o meu ouvido, e as bandeiras me lembravam os cotonetes. E não só isso. As nuvens passando sobre a lua pareciam uma formação de aviões B-52, o bosque denso no lado oeste me lembrou um peso de papel em forma de peixe, as estrelas no céu pareciam salsa em pó mofada... Bom, já chega. Seja como for, meus ouvidos estavam gloriosamente aguçados e captavam os ruídos de todo o planeta. Parecia que alguém tinha tirado um véu de cima do mundo. A quilômetros dali um pássaro noturno cantava, a quilômetros dali alguém fechava uma janela, a quilômetros dali as pessoas falavam de amor.

— Que bom que deu tudo certo, né? — disse uma delas.
— Muito bom, mesmo! — disse a outra.

*

Tennessee Williams escreveu o seguinte: "Sobre o passado e o presente falamos: é assim. Mas sobre o futuro, só podemos dizer 'talvez'".

Porém, quando me volto para olhar meu trajeto escuro até aqui, creio que o que existe ali não é nada além de um incerto "talvez". A única coisa que nossos sentidos podem de fato captar claramente é o instante que chamamos de presente, mas ele apenas passa roçando por nós.

Era mais ou menos isso o que eu estava pensando enquanto acompanhava as gêmeas para me despedir delas. Segui em silêncio através do campo de golfe, até um ponto de ônibus duas paradas adiante. Eram sete horas de uma manhã de domingo, com o céu de um azul penetrante. O gramado sob nossos pés já pressentia sua morte passageira até a primavera. Em breve ele seria coberto pela geada, depois pela neve. Brilharia intensamente sob o sol límpido da manhã. A grama ressecada fazia um som áspero a cada passo nosso.

— O que você tá pensando? — perguntou uma das gêmeas.
— Nada — respondi.

Elas vestiam os suéteres que eu lhes dera e traziam sob os braços sacolas de papel com os moletons e suas poucas mudas de roupa.

— Pra onde vocês vão?

— Pro lugar de onde a gente veio.

— Vamos voltar pra casa, só isso.

Cruzamos a areia de um bunker, o *fairway* perfeitamente reto do buraco oito e descemos caminhando pela escada rolante a céu aberto. Do gramado e de cima do alambrado, uma quantidade extraordinária de passarinhos nos observava.

— Eu não sou muito bom pra me expressar — disse eu —, mas vou sentir muito a falta de vocês.

— A gente também.

— Vai ser triste.

— Mas vocês vão embora mesmo assim, não vão?

As duas concordaram.

— Vocês têm pra onde ir, de verdade?

— Claro que sim! — disse uma.

— Se a gente não tivesse, não ia — disse a outra.

Pulamos a cerca do campo de golfe, cruzamos o bosque e sentamos no banco para esperar o ônibus. O lugar estava maravilhosamente calmo no domingo de manhã, banhado na luz suave do sol. Sob essa luz, ficamos brincando de emendar palavras. Quando o ônibus chegou, cinco minutos mais tarde, dei para elas o dinheiro da passagem.

— Nos vemos por aí — disse eu.

— Nos vemos — disse uma.

— É, a gente se vê — disse a outra.

Suas palavras ecoaram no meu peito por alguns instantes. A porta do ônibus se fechou com um baque, e as gêmeas acenaram pela janela. Tudo se repete... Voltei sozinho pelo mesmo caminho e, na sala inundada pelo sol de outono, escutei o *Rubber Soul* que elas tinham me dado e fiz um café. Passei o dia inteiro assistindo ao domingo de novembro que passava diante da janela. Um domingo de novembro tão calmo que fazia todas as coisas parecerem perfeitamente cristalinas.

Haruki Murakami nasceu em Kyoto, no Japão, em janeiro de 1949. É considerado um dos autores mais importantes da atual literatura japonesa. Sua obra foi traduzida para 42 idiomas e recebeu importantes prêmios, como o Yomiuri e o Franz Kafka. O escritor vive atualmente nas proximidades de Tóquio. Dele, a Alfaguara publicou, entre outros livros, o relato *Do que eu falo quando eu falo de corrida* e os romances *Caçando carneiros; Dance, dance, dance; Norwegian Wood; Kafka à beira-mar*; a trilogia *1Q84* e *O incolor Tsukuru Tazaki e seus anos de peregrinação*.

1ª EDIÇÃO [2016] 1 reimpressão

ESTA OBRA FOI COMPOSTA PELA ABREU'S SYSTEM EM ADOBE GARAMOND
E IMPRESSA EM OFSETE PELA GEOGRÁFICA SOBRE PAPEL PÓLEN DA
SUZANO S.A. PARA A EDITORA SCHWARCZ EM SETEMBRO DE 2025

A marca FSC® é a garantia de que a madeira utilizada na fabricação do papel deste livro provém de florestas que foram gerenciadas de maneira ambientalmente correta, socialmente justa e economicamente viável, além de outras fontes de origem controlada.